講談社文庫

風雲

交代寄合伊那衆異聞

佐伯泰英

講談社

目次

交代寄合伊那衆異聞

風雲

第一章　左片手突き

一

安政《あんせい》二年（一八五五）の暮れ、二十日過ぎから江戸一帯に大雪が降り積もり、尺余《しゃくよ》に達した。牛込御門《うしごめごもん》外の座光寺《ざこうじ》家の裏庭にも膝《ひざ》に達する雪が積もっていた。

未明、大きな人影が木の切り株を肩に抱えて、六十坪ほどの庭のあちらこちらに配置していた。庭の一角にはこの界隈の屋敷を圧するほどの大銀杏《いちょう》が聳《そび》えていたのだが、季節が季節、すでに黄色に色付いた葉は風呂の竈《かまど》にくべられていた。白一色の世界に老銀杏が千手観音のように枝を大きく広げていた。

大小、高さと太さが違う切り株が雪の庭に配置された。

「これでよし」

と独り言《ご》ちたのは、座光寺家の若い当主座光寺藤之助為清《とうのすけためすが》だ。稽古着《けいこぎ》の腰には小鉈《こなた》が差し込まれ、大銀杏の幹に立てかけられた木刀を手にした。

座光寺家の野天の道場の中央に戻った藤之助は、心を鎮めて木刀を天に突き上げた。

夜空からは霏々《ひひ》と雪が降っていた。

藤之助は一瞬、

(江戸というところは、よう雪が降るわ)

と考えた。だが、それは一瞬のこと、腹に力が溜《た》められ、呼吸を大きく吐いて吸い、止めた。

その瞬間、その脳裏から雑念は消えた。

藤之助の想念に広大な光景が浮かんだ。

伊那《いな》谷の風景だ。

諏訪《すわ》湖に水源を発し、重畳《ちょうじょう》たる信濃《しなの》の高峰から流れ出る水を集めた天竜《てんりゅう》川が伊那の谷を南北に奔流し、遠州灘《えんしゅうなだ》へと注ぐ。その大きな流れの背後には伊那山脈が立ち塞がり、さらにその後方に一万尺余の雪を頂いた白根《しらね》岳、赤石《あかいし》山嶺が堂々たる威容を見せていた。

藤之助は想念の伊那谷の風景に対峙《たいじ》するように木刀を頭上に高々と構えた。

(流れを呑め、山を圧せよ)

これが座光寺家に伝わる戦場往来の剣技信濃一傳流《いちでんりゅう》の教えの基本だ。川と山を眺《なが》める山吹《やまぶき》領の台地で門弟はまず気構えを習得する。

藤之助もまた陣屋家老にして剣の師片桐神無斎《かたぎりじんむさい》からこの気構えの手解きを受けて修行を始めた。だが、数年後、藤之助は胸に疑念を感じた。

大きな構えはよし、だが、二の手に工夫がないのだ。

戦国時代から時代は二百数十年も下り、武士の表芸、嗜《たしな》みたるべき剣術は忘れられ、剣は細身になって腰の飾りに堕していた。

だが、江戸幕府を震撼《しんかん》させる出来事が立て続けに起こっていた。日本の四海の向こうから異国の大艦が押し寄せて徳川幕府の国是の鎖国制度をぐらぐらと揺らし続けていた。その異国の軍船の圧力に幕府はただなす術もなき立ち騒ぎ、うろたえ、策を講じることが出来ないでいた。

武士たちは慌《あわ》てて先祖から伝わる甲冑槍薙刀《かっちゅうやりなぎなた》を持ち出し、剣術の稽古を始めていた。だが、すべては時代遅れで付け焼刃だった。

藤之助は伊那谷から急に江戸屋敷に呼ばれてこの現実を知った。

「時代は変化《へんげ》し、異国の砲艦の響きは雷鳴の如《ごと》く轟《とどろ》いていた」

肝を冷やすか、耳を塞ぐか。

千四百十三石と少ないながら交代寄合衆《こうたいよりあいしゅう》として徳川幕府の禄を食《は》んできた座光寺家が奉公するべき時代が到来したのだ。

座光寺家が世に出る機会がそこまできていたのだ。

だが、かつて伊那衆の一人として武勇を誇った座光寺一族は江戸と伊那谷を往復する奉公を恙無《つつがな》く勤めるうちに、命を賭した奉公も斬り合いも忘れて、旗本八万騎の一家としてただ無難に生きていた。

それは過日、屋敷に入り込んだ刺客の一人になす術もなく狼狽《ろうばい》する家臣団の態度が表していた。

藤之助は牛込御門外の座光寺家の家臣全員に朝稽古を命じた。座光寺一族の誇りを取り戻す一歩だった。

この朝、家臣らが野天の道場に姿を見せるまでには半刻の余裕があった。

藤之助は頭上に立てた木刀をさらに高く掲げると、
ええいっ！

という気合いを発し、走り出した。

大銀杏の幹に向かって突進する藤之助の方向が気配もなく左手に転じられ、切株の一つに飛び乗るとその反動を利して雪の原に高々と舞い上がり、木刀を振り下ろした。

びゅううっ！

木刀が雪を切り裂き、音を立てた。

その瞬間には藤之助は膝まで雪に潜らせて着地し、一拍もおくことなく斜め前方へと駆け、切株の中でも三尺五、六寸余の高い頂に軽々と飛び上がり、しなやかな長身を虚空へと飛ばしていた。

信濃一傳流の大きな構えの後、藤之助は独創の剣技を考案した。

「天竜暴れ水」

と名付けられた剣は、雪解け水を飲んで奔流《ほんりゅう》する川の流れが伊那谷のあちこちに突き出した岩場にぶつかり、四方八方に飛び散って再び流れに戻る光景に啓示を受けて創案したものだ。

対峙する敵に向かって一直線に突進することなく岩場に当たった流れが意思に反して右に後ろに虚空へと飛び散るように変幻自在に攻撃線を変えることだ。それは対峙する相手の予測を越えて行われねばならなかった。そのために普段の稽古が要《い》った。

この「天竜暴れ水」は敵が一人でも大勢でも有効に力を発揮できたのだ。

この技を持続させ、力を衰えさせないためには強靭《きょうじん》な足腰とそれを支える内臓の機能、優れた膂力《りょりょく》とくに腕力、さらには自在なる想念がいった。

藤之助は自らが独創した「天竜暴れ水」を座光寺一族の稽古の基本に置いたのだ。

半刻、休むことなく走り回り、飛び回る藤之助の長身は雪塗《ゆきまみ》れになっていた。

「殿」

という声で藤之助は稽古を止めた。

木刀や竹刀を手にした家臣たちが野天の道場の端に立ち、雪を蹴散らして走る回る藤之助を呆然《ぼうぜん》と見ていた。

「おお、来たか」

まだ朝の気配はない。だが、雪のせいで野天の道場は十分に明るかった。小姓の相模辰冶《さがみたつじ》が身震いしている姿に目を留めた藤之助が、

「辰冶、寒いか」

「はい。いえ、寒くはございませぬ」

「ならば雪の上での座禅から始めるか」

ひええっ

と十七歳の辰治が悲鳴を上げた。

「まず体の筋肉を解《ほぐ》さねばなるまい」

藤之助は座光寺家の武家身分、若党、中間の区別なく四組に分け、一組六、七人を野天の道場の東西南北の端に立たせた。

座光寺家に奉公する家来の中で例外は家老の引田武兵衛《ひきたたけべえ》と飯炊きの弥助爺《やすけじい》の二人だけだ。その二人が道場の端に建てられた五右衛門風呂《ごえもんぶろ》の焚口《たきぐち》の前で稽古の始まりを見ていた。

「贅沢《ぜいたく》ではございませぬかな」

と首を傾げる引田に、

「これも互いをよく知ることじゃあ」

と五右衛門風呂の設置を命じたのは藤之助だ。

冬場稽古が終わった後、汗を湯で流す。これも一族の結束を強める一環と引田武兵衛に命じて釜だけを買い求め、家臣たちで土台を築いて釜を据え付けたものだ。

弥助爺が五右衛門釜の下に火を入れた。それを見た藤之助が、

「よいか、おれの合図で道場を走り回り、切株が前を塞げばその頂に飛び上がり、雪の原に飛べ。もし、別の組と遭遇致さば竹刀で殴り合い、道を作れ。立ち止まること

も休むことも許さぬ。道場の中にはこの座光寺藤之助が立ちて、休むものは容赦なく叩《たた》き伏せる、そう心得よ」

六十余坪の野天の道場を四組の家臣たちが竹刀を手に動き回れば、嫌でもどこかで他の組にぶつかった。先に進もうと打ち合いを続けていれば、別の組が側面から襲いくるやもしれなかった。

「息も抜くことはできんぞ」

「どうする」

「じっとしておれば藤之助様の竹刀が飛ぶぞ」

「ならば動こうか」

「よし」

藤之助が道場の真ん中に立った。

「戦国往来の御世、伊那衆座光寺一族は戦場で倒れることは許されなかった。死すときも立って死んだ。敵陣を正面に見て、剣槍を構えて息を引き取った。それが伊那衆座光寺一族の気構え、覚悟であった。休むことも倒れることも許さぬ」

高々と掲げられた藤之助の竹刀が振られ、

「わああっ！」

「進め、攻めよ！」

「叩き伏せて前へ進むぞ！」

と自らを鼓舞した四組が雪の原に突進した。四組の先頭に立つ者は前方に敵方を感じた瞬間、思わず横へと避けていた。だが、そこにも前進する影を感じて、手近にあった切り株に飛び乗ると、

「ええいっ、これを食らえ！」

とばかりに竹刀を振るって躍りかかり、道場のあちこちで打ち合いが始まった。力を抜き、戦いを避けようとする組には藤之助が走り寄って、竹刀で尻を、肩を叩いて、

「座光寺一族のご先祖に申し訳ないぞ、さあ、かかれ、相手を打ち伏せよ」

と檄を飛ばし、鼓舞した。

この総がかり稽古、夏冬とわず天竜の流れの中で繰り返される実戦稽古の一つだ。

もはや牛込御門外の座光寺家の野天の道場のあちこちに打ち合い、殴り合い、くんずほぐれつの戦いが展開され、湯気がもうもうと上がり始めた。

その稽古が半刻ばかり続き、藤之助が、

「止めよ！」

と声を発したとき、ばたばたと雪の原に全員が倒れ伏した。

「よう頑張ったな。これを繰り返さば、己は意識せずとも胆力が備わり、足腰が強靭となる。なにより四方に注意を配りて、不意に襲われたときにもすでに心構えが出来ておる。春先になれば楽しゅうなるぞ」

と大声を上げた。

牛込御門外の屋敷ではこのところ座光寺家から朝稽古の騒ぎが伝わってきたが、幕府に仕える武家が、

「稽古の音が五月蝿《うるさ》い」

と注文も付けられず、ただ我慢するしかなかった。

「いつまで雪の原で寝そべっておる、凍死致すぞ」

と立ち上がらせた藤之助はまず呼吸を整えさせ、全員を同じ方向へ向かせるとその場で竹刀の素振りに移らせた。

二刻の稽古が終わったとき、全員が気息奄々《きそくえんえん》の体であったが、同時に、

「やりぬいた」

という誇らしい気持ちにもなっていた。

「皆の衆、湯が沸いておりますよ！」

弥助爺の言葉に歓声が上がった。

藤之助は桶に貰った湯で顔と手足を洗い、その足でお玉ケ池の北辰一刀流《ほくしんいっとうりゅう》千葉道場玄武館《げんぶかん》に駆け付けた。

これからが藤之助の本式の稽古だ。

この月の十三日に北辰一刀流の流祖千葉周作成政《ちばしゅうさくしげまさ》が六十二歳の天寿を全うして、道場に弛緩虚脱の空気が流れていた。それだけに藤之助は毎日駆け付けて、出来るだけ道場に活気を取り戻そうと頑張っていた。

その朝、藤之助が玄武館に入ると異様な緊張に道場が包まれていた。

道場の真ん中に見知らぬ武芸者が突っ立ち、その足元に高弟の一人佐和潟清七郎《さわがたせいしちろう》が倒れて、体をぴくぴくと痙攣《けいれん》させていた。

「運び出せ！」

師範の村木埜一《むらきのいち》が命じ、門弟たちが佐和潟を道場の外へ運び出し、数人は医師を迎えに門外へと飛び出ていった。

「どうした、栄五郎《えいごろう》さん」

呆然と立つ酒井《さかい》栄五郎に声をかけた。旗本三千百石御側衆《おそばしゅう》の部屋住みという気楽な身分の栄五郎が我に返った様子で、

「今来たか、道場破りだ」

と応じていた。

「周作先生の存命なればまず姿を見せなかった手合いだ」

「佐和潟どのは喉を突き破られたか」

「見たか」

「いや、傷を見ただけだ」

「まるで大石進様《おおいしすすむ》の再来だぜ。あの長い竹刀を左片手一本で突きに徹する。速いなんてもんじゃない」

大石進は柳河《やながわ》藩士にして大石神影流《しんかげりゅう》の祖だ。

最初愛洲陰流《あいすいんりゅう》を学び、天保《てんぽう》三年（一八三二）に藩命により江戸に出て、その実力を問うた。

それは江戸の剣術界を震撼させるものであった。

五尺三寸の長竹刀、それも左利きを利して左手片手突きで他流試合を繰り返し、千葉周作とは無勝負ともいい、大石が勝ったとも言われた。また男谷精一郎《おだにせいいちろう》とも、

「大石の長竹刀に対し、男谷如何《いかん》とも出来ず無勝負に終わった」

という風聞が残っていた。

だが、その大石は隠居の身だ。

大石進と縁があるのかないのか、玄武館を睥睨《へいげい》する三十前後の武芸者熊谷十太夫《くまがいじゅうたゆう》もまた大石流の左一本の片手突きを得意とするらしい。

「あの者、なにが望みだ」

「道三郎光胤《どうざぶろうこういん》様との立合いを望んでおる」

見所で道三郎が立ち上がった。それを師範の村木が押し止める風情が見えた。

藤之助が見所に向かい、

「先生が出るには及びませぬ」

と言いかけた。振り向いた道三郎が、

「おおっ、座光寺か」

「あの者の相手、それがしに命じ下され」

村木が頷《うなず》き、道三郎が、

「変形の構え、油断致すな」

と注意を与えた。

「承知致しました」

藤之助は手にしていた木刀を竹刀に持ち替え、道場の中央に向かった。

「お待たせ申したな」

「千葉道三郎どのではないのか」

「どこも早々には道場主は相手はせぬものです」

「その方は」

「千葉周作先生の最後の弟子にございます」

「名は」

「座光寺藤之助為清」

「ご大層《たいそう》な名じゃが知らぬな」

「伊那谷の田舎者にござればそれがしの名などだれも知りませぬ」

「その者が十太夫の突きを止めるというか」

「さて、勝負はやってみねば分かりませぬ」

「よかろう」

　ぱあっ
と下がった熊谷十太夫が長竹刀を左手一本で軽々と構えた。竹刀の長さは五尺五寸あろうかと思えた。竹刀の先に重りが仕込まれているなと藤之助は思った。だが、素知らぬ顔で藤之助は竹刀を高々と道場の天井に突き上げた。

ぴたり
と長身と得物が決まり、微動もしなかった。
熊谷の腰が沈み、長竹刀の切っ先が藤之助の目玉を狙って静止した。
間合いは二間。
その姿勢で両者は微動だにしなくなった。
どちらかが動いたとき、生死が決まる、そんな緊迫の空気が玄武館を支配した。二百人余の門弟たちが固唾《かたず》を呑《の》んで見守る中、藤之助の竹刀がさらに高く天を突いた。
気概天を飲む、まさに大らかで大きな構えだった。
ちえっ
熊谷十太夫が小さく吐き捨て、左手を胸元に引き付けた。
けええっ！
怪鳥のような鳴き声を発して、熊谷十太夫の左手一本の突きが伸びた。
鍛え上げられた体重が片手突きの竹刀に乗っていた。切っ先が不動の藤之助の目玉に向かって、
ぐいっ
と伸びた。

それを見た藤之助が気配もなく長身を虚空に飛ばせた。

それは熊谷の、見物する門弟たちの想像を超えて高く舞い上がり、熊谷の長竹刀が藤之助の両足を掠《かす》めて無益にも虚空を突いた。

おおっ！

必殺の突きを外された熊谷十太夫の口から驚きの声が洩《も》れた。

その直後、
どすん
と重い打撃が熊谷の脳天を強打し、熊谷十太夫の体がくねくねと動いたかと思うと腰砕けにその場に落ち崩れた。

ふわり
と藤之助が道場の床に着地し、

「左片手一本突き、二の手に工夫が要るな」

と感想を洩らした。

二

玄武館の井戸端にも一尺二寸余の雪が積もり、未だちらちらと天から白いものが落ちていた。稽古を終えた藤之助ら若い門弟たちは雪にも負けず、上半身諸肌《もろはだ》脱ぎになって稽古の汗を流していた。井戸端に若い体が発する熱と寒気がぶつかり合い、もうもうたる湯気を上げていた。

「大石進ばりの左片手一本突きも藤之助には通じぬな」

栄五郎が熊谷の異様な長竹刀を真似《まね》て、井戸端にあった庭箒《にわぼうき》を構えた。

「なにしろ旗本家の当主とはいえ、藤之助の出は伊那の山猿だからな、あのように垂直に跳躍するなど人間業《わざ》ではないぞ。熊谷十太夫も面食らったろう」

藤堂家《とうどうけ》の家臣の都築鍋太郎《つづきかたろう》が栄五郎に応じた。

「面食らうもなにもあやつが五尺五寸に及ぼうかという竹刀を突き出したとき、この大きな体が軽々と道場の天井付近に浮かんでおるのだからな」

と答えた幕府御米蔵同心《おこめぐらどうしん》上野権八郎《うえのごんぱちろう》が、

「藤之助、どうすればあのような軽業が出来るようになる」

と脇の下を濡れた手拭《てぬぐい》で拭い、急いで稽古着の袖《そで》に腕を入れた。

「軽業ではございませぬ。信濃一傳流にそれがしがいささか独創を加えた稽古の賜物《たまもの》です」

「そいつをとくと聞かせよ」

と栄五郎が言い、

「都築さん、通旅籠町《とおりはたごちょう》に立ち寄らぬか」

と煮売酒屋に誘った。

「よいな、この雪だ。鍋なんぞで一杯やるのは堪《こた》えられまい」

「よし、衆議一決だ」

と栄五郎が勝手に決断した。

都築が熊谷に喉を突き破られた兄弟子佐和潟清七郎の身を案じた。

「おい、栄五郎、佐和潟様は大丈夫か」

「大怪我とは思うが村木さん方が奥村王堂《おくむらおうどう》先生の診療所に運び込まれた。あとは王堂先生の阿蘭陀《オランダ》医学の腕を頼むしかあるまい。われらが騒いだとて、どうにもならぬ」

佐和潟清七郎の怪我の具合を診た奥村は即座に診療所に移し、手術を執り行うことを決めた。村木らが指揮して直ぐにお玉ヶ池近く松枝町《まつがえちょう》の診療所へと運ばれたのだ。

「まあ、様子を見ようか」

佐和潟のせいもあって玄武館道場はいつになくひっそりとしていた。

着替えのために控え部屋に移った藤之助に栄五郎が、

「藤之助、手加減などすることなく、あやつの脳天を叩《たた》き割ればよかったのだ」

「道場の立会いは喧嘩《けんか》ではない」

「うちは佐和潟さんがこっぴどくやられたのだぞ」

藤之助に脳天を痛打されて気を失った熊谷にその場で活が入れられ、息を吹き返した挑戦者に村木が、

「熊谷とやら身の程を知れ。かような真似を続けるようなればこの次はそなたの命、北辰一刀流が絶つ」

と明言して、道場の外に連れ出し、放逐した。

「座光寺様、酒井様、斎藤弥九郎《さいとうやくろう》先生の錬兵館《れんぺいかん》でも二人ばかりが片手突きにやられたそうです。お一人はもはや竹刀は握ることはできぬほどの大怪我だそうです」

栄五郎の言葉に応じたのは越後高田《えちごたかだ》藩の家臣、まだ十八歳と若い小野寺保《おのでらたもつ》だ。

「いや、おれも聞いた。桃井春蔵《もものいしゅんぞう》の鏡新明智流《きょうしんめいちりゅう》も襲われたという噂だ」

と鍋太郎が言った。

「見ろ、藤之助、世の中のためにあやつを打ち殺すのがそなたの役目であったのだ」

栄五郎が藤之助をけしかけ、藤之助はただ苦笑いした。

「打ち殺すとは不穏当だが、藤之助、あやつ、そなたに恨みを残したのは間違いな

い。よいか、あやつは絶対そなたの不意を突いて仕掛けてくる、油断致すな」

と御米蔵同心の上野権八郎が忠告した。

「上野どの、肝に銘じておこう」

「そなたなれば大丈夫とは思うがのう」

「よし、参ろう」

酒井栄五郎ら六人の若手はお玉ヶ池から通旅籠町の魚寅《うおとら》まで高下駄《たかげた》の歯を尺余の雪にとられながらもなんとか店に転がり込んだ。

「雪だろうが雨だろうが面を出すのは玄武館の銭なしどもかえ。こちとら、商いだよ、上がったりだ」

と仏頂面を作ってみせた魚寅がその口の下から、

「ほれほれ、栄五郎さん、雪を店に持ち込むんじゃねえ。外で叩き落として入ってくんな。座敷が雪で濡れらあ」

とか、

「小僧、千葉道場の棒振りに魚のあら鍋を食べさせるんだ。火と鍋を用意しな、熱燗《あつかん》もな」

とか矢継ぎ早に命じた。さすがにこの雪では魚寅も客がいなかった。

「魚寅、われらが口開けか、招き猫のように次々に客を呼び込むぞ」

「貧乏神がよくいうよ。まずありったけの銭を出してから大きな口は利くものだ」

藤之助は巾着《きんちゃく》を出して二朱を卓に置いた。上野が、

「今日の持ち合わせは一朱だ」

と藤之助の二朱のかたわらに加え、小野寺が、

「本日は母上からお小遣いを頂戴して参りました」

と一分を出して、栄五郎が、

「魚寅、一分と三朱もあれば御の字だろう、店を借り切ることもできよう。じゃんじゃん酒と料理を運んで参れ」

「ちえっ、一文も出さねえ奴が大きな顔で仕切っているぜ」

「銭を出さない者が鍋奉行で汗を掻《か》く、これがわが玄武館の仕来《しきた》りだ」

栄五郎が胸を張った。

大鍋に鯛の頭や金目の粗《あら》を野菜や豆腐と煮込んだ鍋を肴に酒を一、二本飲んだ頃合、

「やはりここか」

と門弟の一人、水戸《みと》家の家臣強矢亮輔《すねやりようすけ》が菅笠に雪を積もらせて姿を見せた。師範格

の一人で玄武館の稽古歴は十数年に及ぶ老練の門弟だ。

「これは強矢様、よきところに」

早速《さっそく》強矢の座が作られ、強矢が寒さを五体に纏《まと》い残して座した。

栄五郎が茶碗酒をまず強矢に持たせ、たっぷりと注いだ。

「頂戴する」

寒さのせいで唇を紫色に染めていた強矢がきゅうっと喉を鳴らして熱燗を飲み干し、小野寺が新たに酒を注ごうとするのを止めた強矢が、

「佐和潟様の容態が思わしくないのだ」

と言い出した。どうやら強矢は王堂先生の診療所から魚寅に立ち寄ったようだ。

「なんと申されましたな」

「栄五郎、喉からの出血が止まらんでな、王堂先生と見習い医師が必死で止血をしておるが、これまでも出血がひどいでな、危惧《きぐ》しておるところだ。家族も呼ばれた」

「なんと」

座が急に沈黙に落ちた。

佐和潟は幕臣で御納戸組頭《おなんどくみがしら》四百二十石の当主で嫡男の新太郎《しんたろう》は十一歳と幼かった。

「道三郎様も村木様も従っておられる」

「まさかお命が」

と小野寺が強矢の顔を見た。

「それを覚悟したほうがよいかも知れぬ。とは申せ、診療所に大勢の門弟が詰め掛けても迷惑なだけ、それがしはまず屋敷で知らせを待つことにして診療所を出てきたのだ」

「なんということか」

上野権八郎が絶句した。

「このような騒乱の時代だ、道場にもあのような異能の剣術家が度々《たびたび》姿を見せるぜ。油断をしては佐和潟様の二の舞になる」

都築が自戒するように呟《つぶや》いた。

「藤之助、だから、おれはあやつを仕留めておいたほうがと言ったのだ」

と栄五郎が言い、藤之助が曖昧《あいまい》に頷《うなず》いた。

「私が様子を伺《うかが》って参ります」

小野寺保が立ち上がると王堂先生の診療所に向かって雪の中を飛び出していった。

「えらいことになったたな。周作先生が亡くなられてまだ十数日だぞ、この年の瀬に佐和潟様も見送ることになるのか」

栄五郎の声も沈んでいた。

「栄五郎、まだそのような言葉は早い」

と諫《いさ》めた都築の言葉も暗く響いた。

座が急に白けて、小野寺の帰りを待つ感じになった。

半刻も過ぎた頃か、雪が再び酷《ひど》くなり、その雪を突いて小野寺保が魚寅に飛び込んできた。だが、入口で硬直したように固まり、
はあはあっ
と荒い息を吐いて握り締めた拳を震わしていた。

「どうした、保」

栄五郎が叫んで問うた。

「佐和潟様がお亡くなりになりました」

「な、なんと」

栄五郎が手にしていた空の盃《さかずき》を投げ出すように置くと立ち上がった。

「やはり身罷《みまか》れたか」

と答えたのはそれまで付き添っていた強矢だ。

「参りましょう」

と藤之助が傍らの藤源次助真《とうげんじすけざね》を引き寄せた。

「よし、参ろう」

都築が応じて七人の面々は松枝町の奥村王堂診療所に走った。

阿蘭陀医学の権威として知られる診療所の門前は沈鬱《ちんうつ》な空気に包まれていた。千葉道場の門弟たちと佐和潟家の家臣たちが門前で今しも運び出されてくる佐和潟清七郎の亡骸《なきがら》を待ち受けていた。

佐和潟の家臣たちは突然の主の死に呆然自失としていた。

「栄五郎、佐和潟家の屋敷はどこか」

藤之助が低い声で問い掛けた。

「向《むこう》柳原《やなぎはら》だ」

「われらがお運びしよう」

診療所の奥から戸板に載せられた遺骸が玄関へと運ばれてきた。診療所に待機していた千葉道場の面々は道三郎以下、幹部連が多かった。

「よし」

藤之助、栄五郎、保、権八郎、鍋太郎の五人が玄関前に行き、

「師範、われらに運ばせて下され」

と都築鍋太郎が申し出た。

「頼もう」

玄関前で佐和潟の亡骸を載せた戸板を藤之助、栄五郎、権八郎、鍋太郎の四人が受け取り、保は交代要員として戸板の傍《そば》に従うことになった。

「新太郎が父上のお供を致す」

と幼い子供が藤之助の傍に立った。真っ青の顔をしていたが、必死で武家の矜持《きょうじ》を保とうと耐えているのが藤之助にも分かった。用人が、

「新太郎様、お駕籠《かご》にお乗り下され」

と声をかけた。

「よい、新太郎は父上とともに歩む」

すでに雪が前髪立ちの髷《まげ》に降り積もっていた。

用人が困った顔で立ち尽くした。

「用人どの、新太郎どののお好きになされたほうがよかろうと思う」

藤之助が声をかけた。

「それでよいかのう」

「父上の亡骸をお守りするのは嫡男の務めにござる」

しばし考えた用人が、

「頼もう」

とだれとも知れず呟いた。

「新太郎どの、しっかりとお屋敷までご先導下され」

紫色に染まった唇がなにかを言いかけ、頷いた。

その手を保がしっかりと握った。

佐和潟清七郎の亡骸を載せた戸板を運ぶ行列は屋敷町を抜けて、新《あたら》シ橋で神田川を越え、向柳原へと入っていった。

新太郎が保に声をかけたのは橋を渡った辺りだ。

「そなたは父の戦いを見られたか」

「師範の戦いとくと拝見しました」

「父上は武家として恥ずかしくない戦いをなされたか」

「新太郎どの、佐和潟様は北辰一刀流玄武館の師範のお一人、われらのよきお手本にございます。堂々たる戦いでございました」

「じゃが負けられた、斃《たお》された」

幼い新太郎の無念そうな言葉にまだ若い保は答えられなかった。

「新太郎どの、勝負は時の運にございます。保が答えたように佐和潟様の戦いぶり、正々堂々たるものにございました。だれに恥じるものではございません」

藤之助と肩を並べて戸板の端を保持する栄五郎が保に代わって答えていた。

新太郎はその言葉に頷くとしばし沈黙を保っていたが、

「ちと伺いたい」

「なんでございますな」

「父上を斃した者はいかがした」

「隣で佐和潟様をお運び申す座光寺藤之助が打ち据えて、道場の外に放り出しました。まさか佐和潟様がこのような結果になろうとは考えもしませんでしたでな、捕縛しておくのでした。なんとも残念です」

「なにっ、このお方が父上の仇《かたき》を取られたと申すか」

新太郎が藤之助を見あげた。

「新太郎どの、ご無念お察し申します」

藤之助の言葉に新太郎が頷き、

「そなた、父を負かした相手を打ち据えられたか」

「まさかこのような仕儀に至るとは夢想もしませんでした」

「新太郎は父の仇が討ちたい」

と新太郎が訴えた。

「新太郎様、まずやるべきお務めがございましょう。父上の御霊《みたま》を滞りなく彼岸へとお送り申すことこそ武家の嫡男の務めにございます」

「承知しておる」

「しかるべき時期が参られたら、新太郎様、玄武館においでなされ。父上がどのような場所で修行を積まれていたか、それを知ることからお始めなされ」

「座光寺藤之助どの、それがしに剣術の手解きをして貰えるか」

「千葉道三郎先生の下へご入門になり、先生のお許しあれば、われらなんなりとお手伝い申します」

「約束じゃぞ」

と新太郎が答えたとき、片番所付の長屋門が開け放たれ、篝火《かがりび》が焚《た》かれた屋敷の前に行列は到着していた。

「父上、屋敷に戻りましたぞ！」

新太郎の声が健気《けなげ》にも門前に響き、家来や女衆たちが待つ敷地の中に佐和潟清七郎の亡骸は入っていった。

泣声が上がった。

奥村診療所から運ばれてくる間に白布に包まれた佐和潟清七郎の亡骸には二寸余りも雪が積もっていた。

式台前に戸板を下した藤之助らは手で降り積もった雪を払い落とした。

式台には佐和潟家の家来たちが主の遺骸を奥へと運ぼうと待機していた。

「お願い申す」

都築が佐和潟家の家来たちに声をかけ、

「ご苦労にございました」

という用人の返答で手渡した。


藤之助らは佐和潟家の控え座敷でその夜を過ごした。

通夜のつもりだった。その場には酒が供されていたが、だれも手を付けようとはしなかった。魚寅で飲んだ酒はすでに醒めている。

奥座敷から親類縁者が出入りするたびに泣声が上がった。

「おい、佐和潟様の跡目相続は問題なかろうな」

奥を窺《うかが》った栄五郎が言い出した。

新太郎はまだ十一歳と若い。

当主の佐和潟清七郎は病死として幕府御目付《おめつけ》に届けがなされていた。

「佐和潟家は家光様以来の家柄、それは問題あるまい」

と強矢が答えた。

「それに千葉先生らが然るべき役所に内々に掛け合っておられる。まずもって新太郎どの跡目は認められよう」

武家にとって跡目相続がうまくいくかどうかはなににもまして重要な問題であった。

「となると残るは一つか」

と栄五郎が言い出した。

「なんだ、栄五郎」

鍋太郎が問うた。

「都築様、知れたことです。熊谷十太夫を仕留めることです」

「栄五郎、道三郎先生がお許しにはなるまい」

「放っておくのですか」

だれも答えなかった。栄五郎の気持ちはだれもが理解できた。だが、道場破りに斃されたから徒党を組んで相手に報復したでは、やくざの出入りと同じことになる。千葉道三郎が許すわけもない。

「おれはな、あやつの方が仕掛けてくると思う」

と強矢が藤之助を見た。

「やはり、強矢様もそう考えられますか」

都築が問い返す。

「あやつ、左手一本突きに絶対の自信を持っておる。それを難なく藤之助が打ち破ったのだ。必ず藤之助の前に現れる」

「藤之助、どうするな」

と栄五郎が聞いた。

「出るか出ないか分からぬ者の対応など、それがしには考えられぬ」

と藤之助が答えたとき、また新たな女の泣声が起こった。

三

夜明け前、向柳原の佐和潟家から座光寺藤之助と酒井栄五郎は雪の降り止んだ道を神田川土手へと出た。雪は止んだが、道に降り積もった雪は尺余のままに残っていた。

高下駄を履《は》いた足がずぼずぼと雪に潜り、歩き辛《づら》い。

「このようなときに熊谷十太夫に襲われてみろ。伊那の山猿も打つ手があるまい」

栄五郎が下駄の歯に挟《はさ》まった雪を手で落とすために立ち止まり、言った。

「なるようになれじゃあ。この雪では相手も難儀であろうからな」

「おれは通夜がこれほど辛いものとは知らなかったぞ。うちの爺様が亡くなったときなんぞ、屋敷じゅうがなんとのう祝いのような雰囲気であったがな」

あっさりと栄五郎は話題を変えた。歩き難いことを念頭から振り払おうというだけの話だ、あちらこちらに飛んだ。

「いくつで亡くなられた」

「八十二よ」

「天寿を全うされたのだ、そんな気分にもなろう。だが、佐和潟家の清七郎様は働き盛りだ、お若い」

「まさかのことだしな」

その夜のうちに佐和潟清七郎の病死届けは旗本を掌握監督する御目付に提出され、

受理されたという。日をおいて嫡男新太郎の相続願いが出され、なんとか願いが叶《かな》えられそうな目処《めど》が立ったとか。

通夜の最中、千葉道三郎や佐和潟家の用人たちが走り回った結果だった。

和泉橋《いずみ》、筋違橋《すじかい》と二人は難儀しつつ土手道を歩いていく。さすがに普請場に出る職人衆の姿もなく神田川両岸は森閑としていた。さらに難儀を極めたのは昌平坂《しょうへいざか》だ。

聖堂からは学問の始まりを告げる太鼓の音が響いてきていた。

烏が餌を求めて、

カアーカアー

と五月蠅《うるさ》く鳴いていた。

「おい、藤之助、このような時、懐が豊かなれば内藤新宿《ないとうしんじゅく》などに走りこんで飯盛りに肌を温めて貰うのだがな」

「そんな金子の持ち合わせはない」

「言ってみただけだ」

と答えた栄五郎が、

「そうだ、そなた、吉原に知り合いがいたではないか。大地震の夜に逃げ出した遊女はどうなった」

「どうなったって、あのままじゃあ」

栄五郎が言ったのは吉原の半籬《はんまがき》稲木楼《いなきろう》の抱え女郎の瀬紫《せむらさき》のことだ。瀬紫は先の安政の大地震の夜、座光寺家の先代、馴染《なじ》み客だった左京為清《さきょうためすが》と図り、地獄絵図のような混乱の最中、稲木楼の穴蔵から八百四十余両を盗んで吉原の外に逃げていた。

藤之助は主の生死を確かめるうちに左京為清と瀬紫の二人が吉原を抜けた真の理由を知った。

座光寺家の存続と名誉を守るためにお列《れつ》、陣屋家老片桐神無斎らの意を受けた藤之助は左京為清と対決して斃していた。だが、瀬紫は、未だ姿を暗《くら》ましたままだ。しかし、その後、藤之助自らが座光寺家の新しき主に就こうとは予想もしないことだった。

「吉原は仮宅《かりたく》商いだぞ、こんな雪の日に行くと大事にされると思わぬか」

「あの世界で大事にされるのは懐が温かな人間だけじゃあ」

「そうすげなく申すな。この難儀を忘れようと話しているだけだ」

栄五郎がぼやき、ようやく玉川上水の水を江戸へと送り込む上水道のところまで登り詰めた。江戸でも高い場所で雪に覆われた屋敷町や神田川の土手が望めた。

水戸家の広大な屋敷の南側まで来ると冷たい風が二人に吹き付けてきた。すると降り積もった雪が舞い上がり、二人を雪塗れにした。

「くそっ！　寒い」

栄五郎が罵《のの》った。だが、風が吹く雪の土手に立ち止まるわけにもいかなかった。

「藤之助、おれは佐和潟様の弔いは出ぬぞ」

栄五郎がそう宣告したのは二人の屋敷がある牛込御門に辿《たど》りついたときだ。

「栄五郎、あとで迎えにいく」

「来るな、来るでないぞ。おれは一日寝ておるからな」

とそう言い残した栄五郎はよろよろと御堀に架かる橋を渡っていった。

友の背を見送った藤之助は神楽坂《かぐらざか》を登った。高下駄を履いた両足は重く、冷たくなっていた。だが、動かすしか手はない。

ようやく座光寺家の門前に到着すると稽古の気配が伝わってきた。

(おおっ、やっておるか)

満足の笑みを浮かべた藤之助が通用口を叩くと飯炊きの弥助が扉を開いた。

「おや、藤之助様で」

「無断で屋敷を空け、相すまぬな」

「藤之助様は座光寺家の主様にございます。家来に言い訳は無用です。そろそろ湯が沸きます、お入りになりませぬか」

「皆が稽古をしておるのにそうもいくまい」

藤之助は裏庭の道場に出た。すると座光寺家の家臣たちが雪の原で打ち込み稽古に精を出していた。

「ご苦労だな」

藤之助は命じずとも家来たちが自ら進んで稽古に出ていることを感激の面持ちで見た。江戸家老の引田武兵衛が、

「なんぞございましたか」

と屋敷を空けた理由を聞いた。

「千葉道場に道場破りが訪れおってな、高弟の佐和潟様が喉を突き破られて亡くなられたのだ。通夜に参列しておった」

「なんとそのようなことが」

「皆の者、よく聞け。時代は激動へと突き進んでおる、なにが起こるか知れぬ世の中だ。不意の出来事に対処するには日頃から稽古を積み、技と胆力を鍛えておかねば、屍《しかばね》を晒《さら》すことになる」

「はっ」

「よし、藤之助も加えて貰おう」

藤之助は雪塗れの羽織《はおり》を脱いで稽古に加わった。


「ふうっ」

内湯に身を沈めた藤之助は五体を長々と伸ばして息を吐いた。野天の五右衛門風呂は稽古を終えた家来たちが列を作って待っていた。

藤之助は稽古の後、弥助爺が特別に沸かした内湯に入ったところだ。徹夜と雪道を歩いてきた疲れが一度に消えていくようだ。

「藤之助様、湯加減はいかがにございますか」

若い娘の声が湯殿に響いた。奥女中の文乃《あやの》だ。

「文乃か、極楽じゃぞ。もはやなにもいらぬ」

「ご家老様からお聞きしました、通夜に出ておられましたそうな」

「心配をかけたな。不意のことでお医師の屋敷から佐和潟様のお屋敷へと亡骸を運び、そのまま屋敷に留まったのだ」

「お亡くなりになられた方はお若いのですか」

「旗本家の当主で嫡男が十一歳だ」

「なんということでございましょう」

文乃が湯殿に入ってきた。

「藤之助様、お背中をお流し致します」

「文乃、そのようなことは一人で出来る」

「いえ、藤之助様は旗本座光寺家のご当主にございます」

裾《すそ》を端折《はしょ》り、襷《たすき》をかけた文乃は、

「ささっ、体が温まったら洗い場に出て下さいませ。文乃は背を向けております」

文乃は武家の娘ではない。麹町《こうじまち》の有名な武具商甲斐屋《かいや》佑八《すけはち》の娘だ。町娘だけにちゃきちゃきして、屈託がない。

藤之助は誘われるままに湯船から洗い場に上がり、文乃に背を向けて座った。

糠袋《ぬかぶくろ》を手にした文乃が藤之助の背を擦《こす》り上げた。

「藤之助様、本日が弔いにございますか」

「佐和潟様では病死として御目付に届けがしてある。むろん役所でも事情は察しておられようが、早々に弔いを終え、新太郎様の跡継ぎを認めてもらいたいのが本音だからな、致し方ないわ」

「藤之助様も出られますな」

「出る」

「着替えは脱衣場に用意してございます」

背中を擦り終えた文乃が湯殿から消えた。

藤之助は養母のお列の方に朝の挨拶をし、朝餉《あさげ》の膳を囲んだ。

お列と藤之助の間に血の繋《つな》がりはない。座光寺家の下級武士藤之助は自ら討ち果たした左京為清の代わりに主の地位に就いたのだ。

お列と少しでも理解し合いたいと二人は朝餉の粥をともに食してあれこれと四方山《よもやま》話をするのが、朝の楽しみになっていた。

その席には引田武兵衛や給仕として文乃が同席した。

藤之助はお列に昨日からの行動を今一度話した。

「佐和潟様は確か御納戸方《おなんどがた》にございましたな」

お列は同じ旗本の佐和潟家のことを承知していた。

「なんとも不運なことにございました」

「藤之助様、弔いには出られますな」

武兵衛がそのことを気にした。

「むろん最期のお別れをして参る」

「紋服を用意しておきます」

文乃が答えた。

「このような雪の日に弔いとはご苦労でございますな」

と佐和潟家のことを気にしたお列が、

「ところで佐和潟様を斃した相手はどうなりました」

と藤之助に聞いた。

「そうだ、そのことを忘れていたわ」

文乃が藤之助を見た。

「それがしと竹刀を交えることになりました」

「ひえっ」

と悲鳴を上げる文乃に、

「これ、文乃、藤之助どのはこのよう五体壮健です、勝敗は言うまでもありませんよ」

とお列が藤之助を見た。

藤之助は簡単に立会いの経過を告げた。

「お方様が申されるとおり藤之助様がお勝ちになったんですね」

「文乃、わが一族は豪気で知られた伊那衆ですぞ。その御大将の藤之助どのがそのような異形の道場破りに引けをとるものですか」

「朋輩《ほうばい》の酒井栄五郎などは足腰の立たぬように打ち据えておけばよかったと申しておりました」

栄五郎は打ち殺しておけばよかったと言ったのだが、藤之助はそうは言えなかった。

「うーむ」

と腕組みしたのは引田だ。

「そやつ、藤之助様を逆恨みしておるやもしれませぬぞ、油断をなさってはなりませぬ」

「門弟衆もそう申しておった。だが、一々そのようなことを気にしていては動きがつかぬわ」

頷いたお列が、

「藤之助どの、弔いの刻限までしばし仮眠をなされ。徹夜では不意を打たれたときに不覚をとらないとも限りませぬ」

とお列が朝寝を勧めた。

座光寺家の家紋、違鷹羽《ちがいたかのは》左重《ひだりかさね》の五つ紋の羽織袴《はおりはかま》を着た藤之助は屋敷から駕籠に乗り、佐和潟家へと向かった。

二刻余り仮眠をとったので五体に英気が蘇っていた。藤之助が眠る間に駕籠が調えられ、弔い出席の仕度《したく》がなっていた。

「武兵衛、それがし、佐和潟様の弔いは千葉道場の門弟として参列致すのだ。駕籠など仰々しい」

と固辞したが、

「いえ、お方様は座光寺家の当主として参列するのですからと駕籠をお勧めです」

と断られた。

大きな体を窮屈そうに折って駕籠に座った。

「よいか、あちらに着いたら、駕籠は屋敷に戻すぞ」

と陸尺《ろくしゃく》らに言い聞かせるように言うと、

「藤之助様、お立ち」

の声が響いて門が開かれ、雪道へと駕籠が出ていった。

朝、歩いた雪道を今度は駕籠に乗って佐和潟家と下った。

佐和潟家の門前で駕籠を降りるとすでに何人かの弔問客の姿があった。

「よいな、待つ要はいらぬ。屋敷に戻っておれ」

と付き添いの若党、佐々木《ささき》慎也《しんや》と陸尺に言い聞かせ、雪道を戻らせた。

その背に声がかかった。

「駕籠とはまた楽したな」

振り向くと栄五郎が立っていた。今朝方、別れるときは、

「おれは佐和潟様の弔いには出ぬぞ」

と宣言していたが、すでに顔を見せていた。

「養母上《ははうえ》が座光寺家の当主として出るのであるからと申されてな、断るわけにもいかなかった。それでそなたを迎えにも出られなかったのだ」

「当主とは窮屈なものよのう」

と部屋住みの栄五郎がいつもとは異なる語調で答え、二人は肩を並べて佐和潟家の長屋門を潜った。

佐和潟清七郎の亡骸は書院の一室に安置され、その前に新太郎ら家族親族らが並んで弔問を受けていた。身分の高き弔問者は内玄関から書院に進んだが、藤之助と栄五郎は庭先から清七郎との別れを済ませた。

藤之助は合掌しながら短い縁に終わった佐和潟清七郎との記憶を思い出した。

佐和潟とは一度だけ竹刀を交えたことがあった。

　正面からひた押しに攻めてくる生真面目な剣風だった。それだけに異形の構え、左手一本突きを止めることは適《かな》わなかったのだろう。

冥福を祈った藤之助と栄五郎が屋敷から立ち去ろうとすると上野権八郎《うえのごんぱちろう》が、

「藤之助、栄五郎、お長屋に来ぬか。佐和潟家では剣友に残って頂き、思い出を語って頂きたいとお長屋を開放してあるのだ」

と言った。

二人が上野に誘われるままに長屋に出向くと座敷の襖《ふすま》が取り払われたところに酒と肴が用意され、すでに十数人の門弟たちがいた。

「藤之助、ちとそなたに耳に入れておきたいことがある」

都築鍋太郎が藤之助を呼んだ。

「なんでございますか」

藤之助ら三人は都築のかたわらに座した。都築は藤之助が見知らぬ武士二人と話していた。

「このお方は佐和潟様と同じ役所にご奉公なされておられる。野崎《のざき》どのと大河内《おおこうち》どののだ」

　ということは幕府の御納戸方ということか。

「野崎どのは麹町の中西派一刀流《なかにしはいつとうりゆう》のご門弟である」

　都築はさらに説明し、

「驚くな、藤之助に打ちのめされた熊谷十太夫はあの足で中西派一刀流の道場を訪れ、道場主中西忠兵衛《ちゆうべえ》様に立会いを申し込み、代わりに師範の井上源之丞《いのうえげんのじよう》どのが相手なされたそうな」

　藤之助らは都築の説明に聞き入った。

「野崎どの、今一度わが朋輩にその時の様子を聞かせてくれませぬか」

　野崎が頷き、

「あの者、道場に入ってきたときから狂犬のような目付きで尋常ではなかった。ともかく傍若無人な態度に井上様が立ち会われたのです。井上様は得意の八双、あの者は、五尺を優に越えた竹刀の左手一本片手突きの構えで対峙しました。数瞬の睨《にら》み合いの後、阿吽《あうん》の呼吸で互いが踏み込みました……」

　野崎は話を止めて喉を潤すように茶碗酒を飲んだ。

「低い姿勢から左片手突きが井上様の喉に伸びていくのが見えました。それがし、あのような動きを見たことがございません。井上様の八双があの者の額に届く前に、ぱあっ、と井上様の喉下から血飛沫《ちしぶき》が舞い散り、井上様は仰向《あおむ》けに道場の床に悶絶《もんぜつ》して動こうとはなされませんでした」

「井上様はどうなされた」

栄五郎が聞いた。

「即死でございました」

「なんと」

「あの竹刀、ただの竹刀とは思えませぬ。先に鉛でも詰めてあるように見受けられました」

「おのれ」

栄五郎が吐き捨てた。

藤之助も熊谷の竹刀に工夫が施されていることを推測していた。

「藤之助、だから申したのだ。そなたが憐憫《れんびん》なんぞをかけるから、あやつが殺しを繰り返したではないか」

栄五郎の言葉に藤之助はただ首肯《しゅこう》し、都築鍋太郎が、

「なんとしてもあやつを見つけ出し、藤之助、仕留めねばならぬぞ。これ以上、狂犬

は野放しにしてはならぬ、よいな」

と命じた。

四

向柳原の佐和潟家の弔いの後、藤之助は栄五郎を伴い、吉原近くで、

「吉原面番所《めんばんしょ》御用」

を務める巽屋《たつみや》左右次《そうじ》親分を訪ねることにした。

左右次は代々江戸町奉行所隠密方《おんみつがた》支配と関わりを持ち、吉原内外で起こった御用を務めていた。

藤之助は熊谷十太夫の行方《ゆくえ》を突き止めるために巽屋の親分の力を借りようと考えたのだ。そのことを栄五郎に話すと、

「なにっ、吉原に行くのか、おれも同道しよう」

と言い出した。

「栄五郎、勘違いするな。吉原を訪ねるのではないぞ。それに吉原は先の大地震のせいで仮見世営業を強いられ、江戸のあちこちに散っておる」

「仮宅営業など江戸育ちの栄五郎が知らぬと思うてか。おれはあやつの行方が突き止めたいだけだ」

そうまで言われれば致し方もない。神田川の土手道を浅草御門に抜けた二人は御蔵《おくら》前《まえ》通りを北へと進んだ。

藤之助にとって馴染みの大通りだ。伊那谷から呼ばれて江戸入りした藤之助が引出武兵衛に伴われて巽屋左右次親分を訪ねた。あの折、初めて歩いた道だった。

安政の大地震の数日後のことだ。通りの両側の家屋敷は潰れ、火が出て燃え落ちた後も異様な臭いを放ってくすぶり続けていた。さらに通りのあちこちに圧死した死体や焼けた亡骸が堆《うずたか》く山積みに放置されていた。

だが、わずか数ヵ月で地震の後片付けは終わり、雪の原では再建の兆しが見られた。だが、それもこの師走の大雪で中断していた。

「師走も正月もあったもんじゃないぜ。いつもの年ならばこの界隈をさ、髷を綺麗に結い直した娘たちがいそいそと往来しているはずだ。十三日の御城の煤払《すすはら》いもやったんだか、やらないんだか、見よ、町中から餅搗《もちつ》きの音一つ聞こえないぜ」

と栄五郎が踏み固められた雪道でぼやいた。

「致し方なかろう、あの大地震の直後ではな」

「藤之助、今朝方、父上に呼ばれた」

と不意に栄五郎が話題を変えた。

栄五郎の父酒井上総守義宗《かずさのかみよしむね》は将軍家定《いえさだ》近くに仕える御側衆の一人で、旗本三千百石の大身だった。だが、栄五郎は次男、部屋住みの身とあっていたって気楽者だ。

「なんぞ御用であったか」

「うーん、長崎へ行かぬかという話であった」

「肥前《ひぜん》長崎にか、また突然じゃな、なんの御用か」

藤之助は思わぬ展開に栄五郎の横顔を覗《のぞ》いた。

「先の大地震で全く江戸では話題にもならなかったことだが、幕府では長崎の出島に海軍伝習所なるものを開所なされたそうな」

「海軍伝習所とはなんだ」

「このところわが国の領海を外国の軍艦が頻繁《ひんぱん》に訪れ、いろいろと騒然としておるな」

藤之助は先の旅で新開地神奈川宿の様子や西伊豆の戸田湊《へだみなと》に出入りしていた唐船を見聞していた。その時、見知った光景を脳裏に思い浮かべた。

亜米利加《アメリカ》、英吉利《イギリス》、露西亜《ロシア》など列強各国は太平洋の西に位置する島国日本に目を向け、どこもが開国を外交的圧力で、巨大な軍事力で迫っていた。

「そこで幕府では数年前から阿蘭陀《オランダ》商館の助けを仰いで、阿蘭陀に蒸気で動く艦船を発注していたそうな、そこで阿蘭陀式の航海術やら造船技術を学ぶ場を設けることになったのだ。この度、注文していた蒸気船が長崎に着いた機会に阿蘭陀海軍のすべてを学ぶ伝習所を設けられた」

話はなんとなく理解がついた。だが、栄五郎が父から呼ばれたわけがまだ藤之助には推測できなかった。

この栄五郎が藤之助に話そうとしていた阿蘭陀寄贈の蒸気船は、

「スンビン号」

四百噸《トン》で長崎に到着して、幕府の練習艦として登録されていた。

「異国から届いた蒸気船を江戸に回航するという話でな、すでに阿蘭陀海軍の教官の下で幕臣、諸藩の子弟がすでに長崎に集められ、伝習をしているそうだ。父はな、この伝習生を補充するゆえ、栄五郎、行かぬかと申されたのだ」

「栄五郎、よい話ではないか」

「あっさりと申すな」

「どうした、臆したか」

「肥前長崎どころか箱根の先にも旅したこともないおれだ」

栄五郎は迷っているらしい。

「藤之助、そなたはあっさり申すが他人のことだからだ」

「違うぞ、それは」

藤之助は瀬紫を追って神奈川宿、戸田湊と旅した折に外国の科学力軍事力など技術の彼我の差に目を見張らされていた。

「もはや剣術だけではものの役に立たん時代に来ておる」

「それでもそなたは剣の修行に励んでいるではないか」

「そこだ。剣の遣い方、ありようが戦国の御世とは大きく変わったと、それがしは思うておる。ただ今、われらが生きる時代、剣槍だけに頼っては外国の力にいずれ屈するときが参る」

「そなた本気で申すのか」

「本気だ」

「ならばなんで剣を修行する」

「外国列強と対等に付き合うには風に頼らず進む大船の造船技術、武器火薬など諸々を学ばねばならぬ。だが、それがしは科学力軍事力を高めただけでわが国を防衛できるかどうか疑問に思うておる。これらの技術を使いこなすのは畢竟《ひっきょう》人間じゃぞ、栄五郎。危難に際して冷静な判断を下す人こそ最後の砦《とりで》じゃあ、そのために剣を学び、胆力を練るのだ」

「そんなものかのう」

「栄五郎、西洋の鉄砲も連発短筒も正確無比に連続して弾丸を撃ち出す、火縄など西洋ではとっくの昔に消えておる。幕府が保有しておる鉄砲は、戦国時代の遺物だぞ」

と説明した藤之助は、

「よい機会だ。父の命に従い、長崎を見てこい」

「うーむ」

と栄五郎が曖昧《あいまい》に頷いたとき、二人は熱田《あつた》社《しゃ》の前に一家を構える巽屋の戸口に到着していた。

「おや、座光寺の若殿様」

と若い手先が藤之助に声をかけてきた。

「親分はおられるか」

「へえっ、先ほど町回りから戻られて居間に神輿《みこし》を据えたところでさあ」

「邪魔を致す」

巽屋も大地震で傾いたが造作がしっかりしていたせいで倒壊も類焼も免《まぬか》れ、大工が入って元通りに復していた。藤之助は広い土間の上がり框《がまち》から居間へと通った。

その後を興味津々の顔付きで栄五郎が続いた。

「おや、藤之助様、あなた様とお会いするときはいつも雪の日だ」

と長火鉢の前で煙管《きせる》に刻み煙草《たばこ》を詰めていた左右次が笑顔を向けた。

「親分の知恵を借りに参った」

と言いながら長火鉢を挟んで子分が差し出す座布団に座った藤之助は、

「親分、紹介しておこう。旗本御側衆《おそばしゅう》酒井様のご子息栄五郎どのだ。北辰一刀流玄武館の先輩でな、世話になっておる」

「旗本のお歴々二人がまたなんの御用でございますな」

左右次の内儀のお蔦《つた》が茶を運んできて、

「藤之助様、時にお顔を見せて下さいな。なんだか、うちの倅《せがれ》がどこぞにいなくなったようで寂しゅうございますよ」

と挨拶した。

「それがしも時に屋敷を抜け出してこちらに居候《いそうろう》をしたくなるときがある。旗本屋敷というものは万事窮屈でな」

栄五郎は伊那から出てきたばかりの藤之助が急速に江戸の暮らしに馴染《なじ》んでいる姿を驚きの目で見ていた。

(この男、伊那谷の剣術遣いだけが才ではないぞ)

「親分、人ひとりを探して貰いたい」

と前置きした藤之助が左手突きの道場破り熊谷十太夫のことを話した。

「わが道場ばかりではない。あちらこちらの道場が長竹刀の左手一本片手突きに被害に遭うておられる。むろん剣術家が名乗り合うての試合ゆえ、勝ち負けをうんぬんしておるのではない。これ以上、無益な殺傷を止めたいだけだ」

「承知しました。そのような狂犬侍、初耳にございますよ」

と左右次が頷き、

「藤之助様、酒井様、わっしはねえ、十何年も前のことですが、偶然にも大石進様と島田虎之助先生との立会いを見たことがございます」

「ほう、親分は大石様の左片手突きをご存じか」

「大石様は筑後《ちくご》柳河《やながわ》藩立花《たちばな》家十一万石のご家来でございましてな、藩では槍剣師範をお勤めになっていたそうで。長竹刀が得意なのは槍術に精通しておられたからと聞いております。島田先生と立ち会われたとき、確か天保十年に江戸に出てこられた折で、島田先生は突きを躱《かわ》さんと左右に小刻みに動かれ、顔を激しく振って大石様に狙いを絞らせない作戦を立てられましたが、あっさりと胸を突かれて敗北なされました。大石様はその江戸滞在を最後に国許に戻られ、隠居をなされ、七太夫と名を変えられて自藩の者を始め、他藩の小城《おぎ》藩、秋月《あきづき》藩、長州《ちょうしゅう》萩《はぎ》藩の家臣たちを指導なされるお暮らしと風聞に聞いております。その者、ひょっとしたら、大石七太夫様の弟子かもしれませぬな」

と左右次は推測した。

「親分、島田先生の策を聞いて大いに参考になった。長竹刀の片手突きの一撃目を躱せるかどうかにまず勝敗がかかっておるからな」

「熊谷なる人物、片手突きを躱した人物が藤之助様だけとなると必ずや藤之助様の前に姿を見せますぜ」

と御用聞きの親分も推測した。

「親分もそう思われるか。玄武館でももっぱらそう推量されておってな、当の藤之助だけが悠然としておる」

と栄五郎が左右次に答えた。

「栄五郎、悠然などしておらぬ、こうやって親分のお知恵を借りにきたほどだ」

「ともかく藤之助様、油断は禁物にございますぞ。二、三日、時を貸して頂ければ必ずや熊谷十太夫の塒《ねぐら》を探して見せますからな」

と左右次が請合《うけあ》った。


年の瀬だというので巽屋で酒と夕餉《ゆうげ》を馳走になった二人が浅草山谷町《あさくささんやまち》を出たのが、五つ（午後八時）前のことであった。

雪は止んだが気温が下がったせいで凍っていた。つるつると滑る道に月明かりが落ちて通りには人影もない。

「あと二日もすれば除夜の鐘が響くというのにこの寂しさだぜ。なんともやりきれないな」

と栄五郎がぼやいた。

「なにが寂しい、栄五郎」

「見てみな、この火が消えた町中を。これが花のお江戸というんだぜ」

「江戸の大半に被害をもたらした大地震からまだ三月と経っておらぬ。春にでもなれば活気も戻ってこよう」

「そうか、そなた、江戸の師走を知らぬか」

「それほど賑やかな」

「往来を大店《おおだな》の主や番頭が手代や小僧を連れて、挨拶回りにいく。三河《みかわ》万歳の太夫や才蔵が在から出てくる、伊勢暦《いせごよみ》を担いだ御師《おし》が講中の家々を訪ね回る。寺社では初詣の仕度に余念なく、町家では餅搗《もちつ》きを呼んで威勢を挙げる、これが年の瀬というもんだぜ。それがどうだ、雪が凍てついた通りに猫の子一匹いやしねえや。この暗さといったら堪《たま》らないぜ」

栄五郎が伝法な言葉遣いで吐き捨てた。

「栄五郎、伊那谷の闇はこのようなものではない。月も星明かりもない時分など一寸先が見えぬ。その闇も際限なく深い、闇に分け入ればずぶずぶと身が沈んでいく。そんな漆黒の闇に比べたら、この御蔵前通りなど真昼間のようだ」

「話にならぬ」

と栄五郎が応じた途端、草履《ぞうり》が滑って尻餅をついた。

「くそっ！　雪道まで馬鹿にしやがる」

「手を貸せ」

藤之助は栄五郎の手をとって立ち上がらせた。

「最前の話じゃがな、異国の明かりはどういう仕掛けになっておるのか知らぬが行灯《あんどん》の明かりの何十倍も明るいぞ。それを見るだけでも長崎にいく価値があると思わぬか」

藤之助が言ったのは、浅草御門に差しかかっていたときだ。

二人は過日歩いた昌平坂を避けて、神田川の右岸へと渡り、柳原土手を西へと遡った。

「父上はどう申されたのだ、急ぐ話ではないのか」

「部屋住みのおれに持ち込まれたのだ。なんとしても屋敷の外に片付けようと考えてのことであろう」

「幕閣におられる父上ならではの話だぞ、有り難くお受けしろ」

「そう簡単に申すな」

栄五郎は未だ踏ん切りをつけられないでいた。

昌平橋から道は一旦《いったん》神田川の土手から離れ、屋敷町へと入っていく。すると淡路坂《あわじざか》と呼ばれる辺りは雪かきが済んで歩き易《やす》かった。

太田姫稲荷から屋敷が両側に並ぶ鈴木町に入り、二人は黙々と進んだ。道は神田川を望むさいかち坂に差しかかった。

神田川の上に玉川上水を江戸の町々へと配る上水道が架かっているのがおぼろに見

えた。

さいかち坂はその昔梍《さいかち》の木が多く自生していたゆえの地名という。

藤之助の足が止まった。

「どうした、藤之助」

と栄五郎が問い、藤之助の視線が坂上を見ているのに気付き、自らも移した。

「なんとほんとうに出おったぞ」

さいかち坂の上に長い剣を背に斜めに負った熊谷十太夫が立っていた。

「栄五郎、離れよ」

藤之助は栄五郎に命じると藤源次助真の柄に一旦《いったん》左手を置いた。そうしておいて座光寺家の家紋が入った羽織の紐《ひも》を解いた。

「おれに貸せ」

栄五郎が脱いだ羽織を受け取り、するすると藤之助から間を置いた。

「熊谷十太夫、そなた、大石七太夫様と関わりの者か」

十間余、離れた坂上に立つ熊谷に話しかけた。だが、熊谷は答えない。その代わり、背の長剣に左手を回して抜いた。

刃渡り四尺一、二寸はありそうな剣だ。柄元を加えれば、五尺数寸の長竹刀とほぼ同じ長さとなる。

藤之助はさいかち坂を見回した。

左手は旗本田口家の築地塀《ついじべい》、坂を挟んで神田川の流れへ落ちる深い土手が口を開いていた。

熊谷十太夫は坂上に位置し、足場を固めていた。

足場の悪い藤之助は圧倒的に不利な状況に立たされていた。

藤之助は自ら間合いを詰めた。

十間余がたちまち五間と縮まった。

そこで藤之助は藤源次助真二尺六寸五分を抜いた。さすがの長剣も熊谷のそれに比べれば半分の短さに見えた。

熊谷十太夫は両手で保持した剣を頭上に垂直に立てた。

藤之助は師の片桐神無斎が江戸を去るにあたって相伝した信濃一傳流奥傳《おうでん》正舞四手のうち、一の太刀に構えをとった。

正眼の剣だ。

間合い五間で二人の剣者は睨《にら》み合った。

見物する栄五郎は息を飲んだ。喉がいつしかからからに渇いていた。無意識のうちに舌を出して乾いた唇を嘗《な》めた。
そのとき、熊谷十太夫の立てられた長剣の切っ先がゆっくりと藤之助に向かって下りてきた。
藤之助は動かない、微動もしない。
島田虎之助は大石進と対決したおり、長竹刀の狙いを外そうと左右に動き、小刻みに顔の位置を変えたという。だが、胸を突かれて敗北したと左右次は言ったのだ。
藤之助は島田の試みを知りながら、
ぴくり
とも動こうとはしなかった。
熊谷の異様に長い剣が下りて、藤之助の不動の喉元に、
ぴたり
と狙いを付けた。
(藤之助、動け)
栄五郎は胸の中で叫んだ。
きええっ！
坂上の熊谷が雪崩《なだ》れるように坂下の藤之助に向かって突進してきた。両手に保持さ

れた剣の切っ先が真っ直ぐに喉元に吸い込まれていく。

「藤之助！」

栄五郎が思わず叫んだとき、熊谷十太夫の右手が剣の柄から外れ、左手一本の突きがさらに加速して藤之助の喉へと迫った。

その直後、藤之助が熊谷の伸びてくる切っ先に向かって喉を差し出すように悠然と踏み込み、正眼の助真は伸びてくる長剣に合わされた。

まるで優雅な舞いのように遣われた助真が正確無比に熊谷十太夫の長剣の物打ち辺りを鮮やかに斬り飛ばした。

鋼が鋼を裁つ、栄五郎には信じ難かった。

切っ先四寸余りが虚空に飛んだ。

折れた長剣が藤之助の喉横を通過した。

栄五郎は藤之助が片足立ちに悠然と舞い躍り、舞扇のように虚空に翻《ひるがえ》った助真が、藤之助の方へと身を向けようとした熊谷の胴を深々と抜くのを呆然と見ていた。

熊谷は、一瞬その場で硬直するように踏み止まった。だが、次の瞬間、体が神田川の土手へと向かって流れ、勢いのままに転がり落ちていった。

栄五郎は、

「信濃一傳流奥傳正舞一の太刀」

と呟く座光寺藤之助為清の声を聞いた。

第二章　講武場の鬼

一

大晦日《おおみそか》もお玉ヶ池の玄武館《げんぶかん》道場に竹刀で打ち合う稽古《けいこ》の音が響いていた。

「稽古に休みなし」

これが千葉《ちば》道場の決まりだ。まして時代は激動へと移ろうとしていた。主家どころか幕府の屋台骨がぐらついていた。そんな不安の時代を反映してか、どこの道場も武術を習う弟子たちが増えていた。

玄武館にも大名家、幕臣の子弟たちが毎日のように見物に訪れたり、入門の手続きをする風景が繰り返された。

この昼前、藤之助《とうのすけ》が栄五郎《えいごろう》との打ち込み稽古を終えて壁際に下がると見所から声がかかった。

新しい道場主に就いたばかりの千葉道三郎光胤《どうざぶろうこういん》からだ。藤之助が返事をして見所下に行くと見所に見知らぬ、壮年の武家二人が座って藤之助を見ていた。衣服からいい、身分の高い人物と推測された。

「後始末がついた」

と道三郎が言った。

さいかち坂で熊谷十太夫《くまがいじゆうたゆう》の待ち伏せを受けて戦い、藤之助が熊谷を斃《たお》した。熊谷の遺体は神田川へと転がり落ちて、翌朝、新《あたら》シ橋の下流、柳原《やなぎはら》土手で見付かった。

あの戦いの直後、藤之助と栄五郎は玄武館に戻り、師範の村木埜一《むらきのいち》に熊谷待ち伏せの一件を報告していた。道場では直ぐに町奉行所に届けを出し、町方を通じてしかるべき役所に連絡が行き、翌朝、熊谷十太夫の死体が柳原土手で発見されて、藤之助らの報告が確かめられた。

「こちらは大目付丹波直忠《たんばなおただ》様であられる。丹波様の手で熊谷十太夫の始末は終わった」

ということは熊谷十太夫が大名家の家来か、最近まで大名家に奉公していた者ではないかと察せられた。

「左手突きで江戸の剣術界を驚かせた大石七太夫《おおいししちだゆう》様の弟子筋ではないようだが、柳河《やながわ》藩立花家のつながりがある者とだけ言っておこうか」

藤之助はただ頷《うなず》いた。

「検視なされた町奉行所の検視方がそなたの胴斬りに驚いておられるそうな。いつぞや父が存命の頃、そなたが披露した信濃一傳流奥傳《しなのいちでんりゅうおうでん》を遣《つか》ったか」

藤之助は頷いた。

「ともあれ佐和潟《さわがた》家が一番そなたの働きに感謝しておられる。そのうちご挨拶があろう」

「佐和潟様からご挨拶を受ける謂《いわ》れはございませぬ。それがし、ただ行く手に立ち塞がった熊谷十太夫どのと刃《やいば》を交えざるを得なかっただけのことにございます」

首肯《しゅこう》した道三郎が、

「江戸で剣名を挙げようとした熊谷十太夫の不幸はそなたを狙ったことだ。あやつ、そなたと一度竹刀を交えながら、信濃一傳流の真の恐ろしさを推量できなかったと見える。玄武館の面目も立った」

と道三郎がほっとした顔付きを見せた。

藤之助は畏《かしこ》まって頭を下げるしかない。

「座光寺《ざこうじ》、どうだ、久しぶりに」

背後から声がかかった。

道三郎の兄にして、父周作《しゅうさく》の跡を継いで水戸藩の剣術指南に就いていた栄次郎成之《えいじろうしげゆき》だ。栄次郎は北辰一刀流《ほくしんいっとうりゅう》の二代に就いた弟の道三郎より剣の才があった。巷《ちまた》では、

「軽業栄次郎は周作を凌《しの》ぐ」

と評判される人物だ。

「ご指導をお願い申します」

千葉栄次郎と座光寺藤之助の稽古は今や玄武館の名物であった。

栄次郎と藤之助が道場の中央で竹刀を構え合うとそれだけで辺りに、

ぴーん

と緊張の空気が支配し、稽古をしていた門弟が思わず壁際に下がり、見物に回るほどだ。

二人は竹刀を左手に下げて対面した。

「座光寺、熊谷十太夫を仕留めた胴斬りを披露せぬか」

と栄次郎が挑発した。

「栄次郎様相手にそのような余裕はございません」

にたり
と笑った栄次郎が、

「安政二年（一八五五）の年をおれは忘れぬぞ。父を失い、長兄の秀太郎《しゅうたろう》を病で亡くし、佐和潟も死んだ」

道場じゅうが栄次郎の言葉に聞き入っていた。

「生ある者は必ず滅す、それは致し方なきことよ。玄武館は父と兄らを失い、そなたを得た」

「年送りの稽古お願い致します」

藤之助の言葉に栄次郎が頷き、二人は相正眼《せいがん》に竹刀を構え合った。

二人の剣者が竹刀をぶつけ合うところ、火花が散り、汗が飛んだ。二人の位置は目まぐるしく変転し、竹刀を自在に出し合った。

どちらも手を抜くことなど適《かな》わなかった。ただ、全神経を集中して相手の動きを読み、無意識の内に竹刀を振るっていた。激しくも火花を散らす激闘は半刻も続き、軽業栄次郎の面打ちと藤之助の胴打ちがほぼ同時に決まったところで、双方が竹刀を引いた。

ふうっ

という息が重なって道場に響いた。

「道三郎どの、噂に違《たが》わぬ立会いにござった」

「いやはや年の瀬に眼福でした」

と見所の大目付丹波と道三郎が紹介しなかった、今一人の武家が言い残すと姿を消した。

なにやら藤之助と栄次郎の立会いを見にきた気配もあった。

この日、稽古を終えた玄武館では綺麗に掃除がなされ、正月飾りが改めて掲げられると四斗樽とするめなどが運ばれて年納めをした。

茶碗酒をきゅうっと飲み干した都築《つづき》が、

「栄五郎、おれも藤之助と熊谷の対決の場にいたかったぞ」

と悔しそうに吐いた。

「都築さん、そう申されますがな、それがし、金玉が縮み上がっておるのも気が付かなかったくらいに恐ろしい戦いでございました。藤之助は坂上から地の利を生かして突進してくるあやつの左手一本突きを弾《はじ》いて、物打ち辺りから斬り飛ばした。次の瞬間、藤之助の剣がどう翻《ひるがえ》ったか、目を凝《こ》らしていたそれがし、全く見えなかったのです。ともかくあやつの体が土手に吹き飛び、ごろごろと神田川へと落ちていくのが見えて、ああ、勝敗が決したのだと思っただけです。そのときです、それがしの背中をたらたらと冷や汗が流れて、体が震えてきた」

「そなた、そのような僥倖《ぎようこう》に出会いながら、冷や汗を流して身を震わしていただけか。その程度の観察しか出来なんだか」

上野権八郎が栄五郎をからかった。

「上野さん、あの夜のさいかち坂に偶然居合わせたと想像してご覧下さい。凍て付いた雪が月明かりに光り、神田川の両岸にはわれら三人の他に人っ子ひとり見当たらないのです。呆然《ぼうぜん》と立っているのはそれがしだけだ」

「ともかくだ、栄五郎は身を竦《すく》ませて震えていた」

栄五郎が恨めしそうに都築を見た。

「都築、そう申すな。その場に居合わせた者なれば栄五郎に限らず戦いを呆然と見ているしか手はなかろう。それが藤之助の戦いよ」

と茶碗を手にした栄次郎と強矢亮輔《すねやりようすけ》が座に加わった。

強矢は水戸《みと》藩士だ、水戸家の剣術指南の栄次郎の弟子ということにもなる。栄次郎がつづける。

「おれはな、弟の代わりを藤之助がようもやってくれたと感謝しておる。あのような異能の剣客の必殺技は道場稽古しか知らぬ者にはなかなか防ぐ手立てはない。藤之助のように修羅場を潜った経験がものをいう」

「栄次郎様、あのような剣術家がまた現れますか」

若い小野寺保《おのでらたもつ》が聞く。

「時代が時代だ、想像もしえぬ化け物剣客が次々に現れよう」

栄次郎は激動の到来を告げた。

道場での男だけの宴が終わりに近付いた頃、小さな訪問者が用人に連れられておずおずと道場に入ってきた。

「佐和潟様のご嫡男だぞ」

新太郎《しんたろう》は道場を見回していたが藤之助の姿を認め、つかつかと歩み寄るとぴたりとその場に正座した。

藤之助も居住まいを正した。

「座光寺様、父の仇《かたき》を討って頂き、新太郎、お礼の言葉もございません。このとおりにございます」

と小さな頭を下げた。

「新太郎どの、お頭《つむ》をお上げ下さい。それがし、熊谷十太夫どのと立ち会う羽目になったのは相手に待ち伏せされたゆえのことにございます。新太郎どのが礼を申される謂れはございません。それよりも佐和潟家にとって差し出がましき所業であったかと心苦しく思うております」

「ただ今の新太郎では父の仇を討とうにもできませぬ」

「父上、佐和潟様は威風堂々たる剣風にございました。新太郎様も父上の道をお辿《たど》りなされば間違いはございません」

「奥にて道三郎先生に入門方、お願いして参りました」

「そうでしたか、それはよかった」

「座光寺様、ご指導下さい」

「それがしばかりか、栄次郎様を始め、多彩な剣術家が顔を揃《そろ》えておられます。なんなりと相談なされ」

「はい」

新太郎は春になれば玄武館に入門すると一座の者に約束して屋敷へと戻っていった。

「安政二年も残りわずかか」

栄五郎が呟《つぶや》いた。

「そなた、肥前《ひぜん》長崎にいく決心ついたか」

上野権八郎《うえのごんぱちろう》が聞いた。栄五郎は上野らにも相談したようだった。

「長崎と言われても見当もつきませぬ、いま一つ決心が固まらず困っております」

栄五郎が正直に答えた。

「栄五郎、伝習所に入れと誘われたか」

栄次郎が関心を示したように口を挟《はさ》んだ。

「父から命じられたのです」

「酒井様はご近習《きんじゆう》だからな、よい話ではないか。長崎にて異国を見聞してこい」

「栄次郎さん方は関わりないゆえあっさりと仰《おつしや》いますが、それがし、江戸しか知りませぬ」

「一人旅が心細いか」

「正直申しまして」

「情けない栄五郎だな」

「北辰一刀流の門弟にあるまじき言動だぞ」

仲間たちが栄五郎を囃《はや》し立てた。

「栄五郎、案外一人旅ではないかもしれぬぞ」

「どういうことですか、栄次郎さん」

「驚きはそのときのためにとっておけ」

と栄次郎が謎めいた言葉を残して立ち上がった。

正月元旦、座光寺家ではまだ雪が残った野天の道場に座光寺家江戸藩邸の家来全員が集まり、いつもどおりの稽古に勤《いそ》しんだ。

一刻半余りの稽古の後、藤之助は全員を二組に分けて東西戦を行わせた。この二月《ふたつき》余り、足腰の鍛錬と基本の稽古のみを繰り返してきた。わずか二月の稽古だが、眠っていた伊那衆《いなしゆう》の武勇の血が蘇ったようで、近頃では夕稽古も自発的に行う者も出てきていた。

さらに刺激を与えるために藤之助は防具を着けさせ、試合形式の東西戦を試みたのだ。

正月早々の東西戦に老いも若きも張り切った。

まだ試合のかたちになっていないものもいたが、

「お面！」

「小手！」

と必死に立ち向かい、東西ほぼ互角のままに初めての対抗戦が終わった。

「藤之助様、これからも度々《たびたび》東西戦を行いましょうぞ」

と引田武兵衛《ひきたたけべえ》が言い出し、だれもが、

「この次は三人抜きじゃあ」

「なんの、そなたを一撃のもとに倒すぞ」

と興奮の体だった。

「勝ち負けは大事なことではない。実戦形式の稽古を段々と身に染み込ませていくことが肝要なのだ」


正月三が日は年頭のご祝儀、いわゆる城中参賀の行事が行われる。

元日は御三家御三卿、加賀前田家など大大名に譜代大名の年賀である。二日は国持大名直参《じきさん》旗本、三日は無位無官の者や江戸の町年寄ら古町《こちよう》町人が参賀に城に伺《うかが》う。

少禄ながら交代寄合《こうたいよりあい》伊那衆座光寺家は元日の年賀登城がある。

藤之助にとって初めてのことであった。

稽古を終えた藤之助は文乃《あやの》が用意していた烏帽子《えぼし》布衣《ほい》を着用して御城に登り、年頭の祝詞を頂き、下城した。

座光寺家では正月の祝い膳を大広間で主以下奉公人一同が囲む習わしだった。だが、先代の左京為清《さきようためすが》は田舎じみた風習を嫌い、一度たりともその席に出たことはなかったという。

藤之助は養母のお列《れつ》とともに家臣たちと屠蘇《とそ》を祝った。

「藤之助どの、そなたにとって初めての正月膳です、皆の者に挨拶なされ」

とお列に促され、藤之助は姿勢を改めた。

「安政三年（一八五六）新玉《あらたま》の年が明け申した、おめでとうござる」

「おめでとうございます」

家臣一同が唱和した。

「泰平の二百五十年余が流れ、再び激しく動く時代が到来し申した。われら徳川家に仕える座光寺一族にも試練の年になり申そう。そのとき、慌《あわ》てぬよう、騒がぬように胆を鍛えておかねばならぬ。また試練の時代は、座光寺一族が浮上する季節ともいえる。よいか、努々《ゆめゆめ》油断することなく日頃の暮らしを大事に相努めようぞ」

「畏《かしこ》まって候」

主従が一堂に会してのささやかな酒盛りだ。普段酒など滅多《めった》に飲まない家来たちが藤之助の周りに集まってきた。

「藤之助様、それがし、国許を知りませぬ。伊那とはどのような土地にございますか」

と小姓の相模辰治《さがみたつじ》が言い出した。

「おお、ちょうどよき機会だ。それがし、考えていたことがある」

「なんでございますな」

武兵衛が赤い顔で会話に入ってきた。

「交代寄合座光寺家ではこの数十年、江戸藩邸と国許が繁《しげ》く交流することなく過ごして参った。そこで今年からは出来るだけ江戸藩邸しか知らぬ者を山吹《やまぶき》陣屋に送り、山吹領の者を江戸藩邸へと迎え交流を深めようかと思う」

「藤之助どの、よき考えですよ」

とお列が賛同し、武兵衛が困った顔をした。藤之助は直ぐに気付いたがその場では聞かなかった。

「片桐《かたぎり》に手紙を書いて相談致す」

山吹陣屋を守る国家老に手紙を書くと藤之助は言った。

「藤之助様、いつから山吹陣屋との交流は始まりますな」

「三月にも第一陣を互いに送り、迎えたいものだな」

「それがし、一番に参ります」

と武家身分の玉木吉兵衛《たまききちべえ》が手を上げ、

「吉兵衛、こういうことは年の順だ」

と年上の村越儀八郎《むらこしぎはちろう》に注意され、

「村越様、年の順では当分、われら若い者に順番が回ってきません」

「われらが後でも困るぞ」

「玉木、村越、そう早まるな」

と武兵衛に注意を受けた。

吉兵衛と儀八郎も座光寺家江戸屋敷の中では腕に覚えがある者たちだ。

正月の宴がお開きになったとき、藤之助は自室に引き上げた。すると文乃と武兵衛がやってきた。

文乃は淹《い》れ立ての茶を運んできたのだ。

「藤之助様、これまでの正月と大違い、ご家来方の顔が晴れやかで張り切っておられます」

「だれもが新しき時代が到来することを予感しているからであろう」

「それもございます。ですが、それを感じさせるようになされたのは藤之助様にございます」

文乃の言葉を武兵衛が溜息《ためいき》で応じた。

「武兵衛、そなたの心配を言い当ててみようか」

「お分かりになられますか」

「江戸と山吹陣屋との往来の費用《かかり》をどこから捻出するのか、そうではないか」

「いかにもさようにございます。昨年末、思い掛けなくも百両を藤之助様から頂戴しお預かりしてございます。それも残り三十金を切ろうとしております」

仮宅営業をなす吉原の妓楼《ぎろう》に居直り強盗四人組が出没した。そこで妓楼では居直り強盗を捕まえた者に百両の褒賞を出すと読売で宣伝し、藤之助が上野安中《こうずけあんなか》藩三万石板《いた》倉《くら》家の重臣の子弟を捕らえた。

その折、稲木楼《いなきろう》らから褒賞金百両を得た藤之助は、座光寺家の暮らしに役立てるように武兵衛に渡していた。

「迷惑をかけるな」

「いえ、不平を申し上げているのではございませぬ」

「武兵衛、金は天下の回りものと俗に言うではないか。使ってこそ新たな金子も入ってこよう」

「当てがございますので」

「差しあたってはない。だがな、先々の難儀を考え過ぎても動きが鈍くなるわ。山吹との往来の費用、神無斎《じんむさい》と相談致す」

「はい」

と武兵衛が頼りなげな返事を返した。

二

正月三が日も過ぎて路面の雪はなんとか端に寄せられ、歩き易《やす》くなった。

この日、藤之助は文乃に誘われて、麴町《こうじまち》の武具商甲斐屋《かいや》佑八《すけはち》を訪ねる約束をした。玄武館の稽古の帰り、二人は牛込御門《うしごめごもん》の前で待ち合わせたのだ。

昼前、藤之助が栄五郎と牛込御門に戻ってくると文乃が御堀の水面を見ていた。

水面にはどこから飛んできたか、番《つがい》の鴨と白鳥が緩んだ水に嘴《くちばし》を突っ込み、遊んでいた。

「文乃、待たせたか」

藤之助が声をかけると文乃が振り向き、白い顔を向けた。春の穏やかな陽射しを浴びた文乃の顔が眩《まぶ》しく光っていた。

「藤之助様、今来たところでございます」

と栄五郎のことを気にしたか、いつもより丁寧な言葉を返した。

「おい、藤之助、そなた、隅におけんな。伊那から出てきたと思うたらもうこのような娘御と知り合いか」

栄五郎が唖然《あぜん》とした表情で文乃と藤之助の顔を交互に見た。

「勘違いいたすな、屋敷の人間じゃあ」

「なにっ、座光寺にはこのように愛らしい娘が奉公しておるのか」

「文乃は格別じゃあ。あとは口やかましい老女どのばかりだ」

文乃が、
ほっほっほ
と手で口元を隠し、笑った。その笑い声が御堀端に明るく響く。

「酒井様はご大身だ。奉公の女性《にょしょう》もたくさんおられように若い娘が珍しいか」

「うちは母上が悋気《りんき》持ちでな、女中は気性、顔は二の次などと申してへちゃむくれの女ばかりを集めておられる。近所では御側衆《おそばしゅう》酒井家は土手かぼちゃが集まっておると評判されておるくらいだ」

栄五郎がうんざりした顔で言い、文乃が笑った。

「それにしてもよく笑う娘だ」

「栄五郎、文乃は麴町の武具商甲斐屋佑八の娘だ。しかつめらしい武家娘とはちと違う」

「なんだ、甲斐屋の娘か、ふーん、こんな愛らしい娘がおったかな」

甲斐屋を知った様子の栄五郎が首を捻《ひね》り、歩き出した藤之助と文乃になんとなく従ってきた。

「文乃、今日、連れ出してくれたのはなんぞ訳があるのか」

「訳なんぞはございません、本日は町屋の鏡開きです。それでお誘いしたのです」

「町屋は四日が鏡開きか」

「武家方では元々正月二十日に鏡開きをしていたそうですね、ところが慶安《けいあん》四年（一六五一）四月二十日に三代将軍家光《いえみつ》様がお亡くなりになり、翌年から忌日を避けて正月十一日に変わったと聞いております。うちでは昔から四日が鏡くずしです」

と文乃が説明した。

「割った鏡餅で雑煮を作ったり、汁粉にします。夕餉《ゆうげ》には奉公人にお酒も出ます」

「楽しそうじゃな」

「だから、お呼びしたの」

文乃はいつもの口調に戻っていた。

「それがしも相伴《しょうばん》させてくれぬか」

栄五郎が言い出した。

「相伴もなにももう付いてきておるではないか」

文乃が今度は町じゅうに響く声で笑った。

「文乃、栄五郎を同道してよいな」

「構いませぬ、酒井様」

「これで気が楽になった」

「そなたでも、気を遣うこともあるのか」

「藤之助、そなた、部屋住みがなんたるか知らぬな。父上の跡を継がれる兄ばかりか兄嫁にも気を遣い、三杯目の飯などそっと出すくらいだ」

「そのような気苦労をしている割には随分と育ったものだな」

藤之助の背丈ほどはないが五尺八寸はあった。それにがっちりとした体付きだ。

「遠慮ばかりしておるとこのように大きくなる」

「そうかのう」

藤之助が首を捻り、文乃が栄五郎をちらりと見て、また笑った。

「文乃、栄五郎にはな、肥前長崎に出来た海軍伝習所へ入らぬかとお父上から話があったそうだ。だが、栄五郎、肥前は遠いと迷っておるのだ」

「あら、勿体《もったい》ない」

「そう気軽に申すな、長崎だぞ。一月《ひとつき》以上旅を重ねるというではないか。おれは江戸の外すら満足に知らぬ」

「旅をなされば食したこともない食べ物に出会い、見たこともない寺社を見物できます。それに長崎は異国の船が出入りする湊《みなと》にございましょう。文乃なら二つ返事で参ります」

文乃が胸を張ったとき、三人は甲斐屋佑八の店の前に到着していた。

「お嬢様、どちらに行かれるのです」

箒《ほうき》を手にした小僧の則吉《のりきち》が文乃を迎えた。

「則吉、他人の話に聞き耳立てるものじゃないわ」

「だってお嬢さんの声は三丁先から響いて参りますよ、聞き耳なんぞ立てる要はございません」

「私はこれでもお屋敷奉公の身です、行儀作法は万事身につけました」

「旦那様もおかみ様も文乃だけは変えようがないと常々《つねづね》嘆いておられますよ」

「往来でそんなことを言うものではないわ、嫁の貰い手がなくなるじゃない」

「今さら無理ですよ」

店の奥からも声がかかった。

「お嬢様も則吉もなんですか、店の前で嫁の貰い手がなくなるとかなくならないとか、裏長屋の井戸端ではございませんぞ」

番頭の篤蔵《とくぞう》の声に三人は店に入った。

陽射しの強い表を歩いてきた三人の目はしばらく甲斐屋の店の暗さに慣れず、辺りがうすぼんやりと霞んで見えた。

「あらっ、うちの古狸《ふるだぬき》番頭さんも元気そうね」

「文乃お嬢さんばかりはこの番頭も太刀打ちできませんよ」

と嘆いた篤蔵が、

「座光寺の若殿様、本日はお友達とご一緒ですか」

と藤之助に声をかけた。

「番頭どの、それがし、牛込御留守居町《おるすいまち》の酒井栄五郎だ。藤之助に強引に誘われてつい店まで参った、よしなにな」

「おやまあ、御側衆酒井様のご子息様にございましたか」

「子息とは申せ、番外だ。次男の部屋住みでな、どこぞによき養子の口あれば心がけておいてくれぬか」

「おや、こちらは養子の売り込みにございますか。はいはい、商売柄お屋敷にはあちらこちらと出入りしますでな、気に留めておきます」

「頼もう。なんの望みもないが、借財のない屋敷がよいな。禄高は高くなくてよい、役料か賂《まいない》が入るとさらによい。それに心優しき娘なれば文句は言わぬ」

「これはまた盛大に注文をつけられましたな。このご時世、金の草鞋《わらじ》を履《は》いて探してもそのような屋敷はございません」

「ないか」

栄五郎と篤蔵の掛け合いを藤之助も文乃も呆れ顔で見ていた。

「栄五郎、諦《あきら》めて長崎に参れ」

と藤之助が栄五郎に言い、篤蔵に説明した。

「番頭どの、栄五郎には長崎に出来た海軍伝習所から口がかかっておる」

「酒井様、お行きなされ。これからは刀槍鎧の時代ではございませぬ。異国の諸々をご勉強になられることは先々のご出世にもつながります。そうなれば嫁など引く手数多《あまた》です」

「番頭どの、ほんとうか」

「武具商の番頭が申すのです、間違いございません」

と篤蔵が胸を叩《たた》いた。

「そうか、長崎に行くと出世間違いなしか」

栄五郎は突然その気になったようだ。

篤蔵の視線が黙って立つ藤之助に行った。

「若殿様、左手一本突きの武芸者を斃されたそうですな」

篤蔵は商売柄武家方と付き合いが深くいろいろな情報を持っていた。

「北辰一刀流の評判がさらに上がっておりますよ、これもすべて座光寺の若殿様のお力です」

「番頭どの、若殿様は止めてくれぬか、気恥ずかしいでな」

「そうですか、ならば座光寺の殿様ですか」

「藤之助でよい」

「藤之助様でよろしいので、なんだか軽々しく聞こえます」

と気乗りしない顔の篤蔵が、

「えらい刀をお預かりしておりますよ、ご覧になりますか」

と藤之助を見た。

「室町天下五剣の一、安綱《やすつな》、別名童子《どうじ》切《きり》安綱にございます」

源《みなもとの》頼光《らいこう》が大江山に棲む酒呑童子《しゅてんどうじ》を斬ったという曰《いわ》く付きの名剣だ。

「このような刀はまず世に出回ることはございませぬ」

「是非《ぜひ》拝見したい」

「奥へお出でなされ」

篤蔵が藤之助と栄五郎を店先から店裏の座敷へと案内した。

甲斐屋の得意先は幕臣、大名家と身分の高い者が多い。そこで座敷がいくつか用意してあり、そこで品定めや商いの話が出来るようになっていた。

十二畳ほどの広さの部屋は板敷きで円座が置かれてあった。さらに天井が高く、槍や刀を扱ってもいいような簡素な造りだった。

篤蔵が安綱を取りに行き、文乃も奥座敷に挨拶に向かった。その場に藤之助と栄五郎の二人だけが残された。

「このような部屋に通されたのは初めてだ」

と栄五郎が言った。

「そなた、甲斐屋を承知しておるようだな」

「この界隈の屋敷の子弟なら武芸修行の折に防具竹刀木刀を誂《あつら》えに参るでな。おれが玄武館に入門の折も用人に連れられて購《あがな》いにきた。だが、店先で用事は終わりだ」

そのとき、篤蔵が一振りの太刀を両手に大事そうに抱えて戻ってきた。

「秀吉様から家康様へ贈られたという安綱にございます」

藤之助は居住まいを正し、白木の柄と鞘の安綱を受け取った。甲斐屋に拵《こしら》えを直すために預けられたか、拵えは外されてあった。間違いなく所蔵者は大大名だろう。

藤之助は一旦《いったん》膝の前に太刀を置き、

「拝見仕《つかまつ》る」

と洩《も》らすと懐紙を出して口に咥《くわ》えた。

再び手にした白木の鞘を払った。

刃渡り二尺五寸七分余か。

腰反り高く流麗な弧を描いた刀身は優美の一言だった。地沸《ぢにえ》の厚い小板目の小乱刃でほれぼれする鍛造《きたえ》だった。

「藤之助様、白木の柄ですが目釘《めくぎ》はしっかりと止めてございます。お抜きになってみませぬか」

藤之助は小さく頷いた。

存分に刃区《はまち》から鋩子《ぼうし》までを観賞した藤之助は一旦鞘に戻した。
篤蔵と栄五郎が部屋の隅に下がった。
藤之助は懐紙を口から外し、白木の安綱を腰に手挟《たばさ》み、部屋の真ん中に正座した。
四方と天井を改めて見回し、視線を正面に置いた。
呼吸を整え、不動の姿勢をとった。
部屋の空気がぴーんと張り詰め、藤之助が流れるような動作で片膝をつき、
「え、えいっ！」
と腹の底から気合を搾《しぼ》り出した。
安綱が一条の光になって抜き放たれ、舞った。
栄五郎には薄暗い部屋の空気が綺麗に両断されたのが見えた。
藤之助は横手に引き回した安綱を頭上に回し、正面を斬り割った。
悠然とした動作のどこにも遅滞がなく、岩場を伝う奔流のように翻《ひるがえ》り、突き出された。
正眼の構えに戻した藤之助が心を鎮めて納刀した。
濃密に張り詰めていた空気が穏やかなものへと変わった。
「篤蔵どの、得難き経験をさせて貰った」

安綱を篤蔵に戻した。

「安綱も久しぶりに己の本分を思い出したのではございませぬか」

障子の向こうに人影が立って、文乃の声がした。

「お父つぁん、おっ母さんが藤之助様にご挨拶を申し上げたいって」

藤之助は何度か甲斐屋を訪れていたが文乃の両親には未だ会ったことがなかった。

「いや、欠礼しておるのはそれがしのほうだ」

藤之助が立ち上がると栄五郎も当然のように従った。

甲斐屋は奥の広い敷地で奥庭には梅の花が咲いて枝に留まった鶯《うぐいす》が長閑《のどか》な鳴声を響かせていた。

「お父つぁん、座光寺藤之助様と酒井栄五郎様をお連れしました。お二人は千葉様の玄武館のお仲間なの」

と座敷で帳簿に目を通していた甲斐屋佑八に二人を紹介した。部屋には文乃の面立ちに似た母親のお桂《けい》と長兄の義一郎《ぎいちろう》がいた。

座敷の端に座した藤之助が、

「お邪魔致しております」

と挨拶すると佑八が藤之助を愛《いつく》しむように見て、

「草葉の陰で伊那之助《いなこれすけ》様も安堵《あんど》なされておりましょう。これで座光寺家も安泰にございますな」

と話しかけた。

佑八は座光寺家の家臣だった本宮《ほんぐう》藤之助が十二代の座光寺家当主の座に就いた経緯《いきさつ》を承知の様子であった。文乃が座光寺家に奉公したくらいだ、甲斐屋とは深い関わりが昔からあったのだろう。

伊那之助とは先代の座光寺家当主で嘉永《かえい》元年（一八四八）に亡くなっていた。

「お父つぁん、座光寺家の新しき主どのの評判、城中でもなかなかでございます」

と義一郎が応じた。

甲斐屋では幕閣との繋《つな》がりも深いのか。

「まあ、そのうちに、藤之助様には御城からお呼び出しがございますよ」

と佑八が請け合った。

藤之助には全く窺い知れぬ城中のことだ。

甲斐屋は確かな情報源でも持っているのか、そう断言した。

だが、藤之助は応じる術を知らなかった。

「酒井様、お父上にはお世話になっております。よう参られました」

と佑八が栄五郎にも気を遣い、

「文乃から聞きましたところ、長崎の海軍伝習所に参られるとか」

「父から話があったが、未だ結論を出せずにおるところです」

栄五郎が丁寧に答え、

「時代がこのように変転していきます、うちの商いなどあと何年保つか。義一郎には刀槍鎧兜には拘《こだわ》るなと常々申しておるところです」

「甲斐屋の商いが消えると申されるか」

「さようにございます。だがな、座光寺様や酒井様はお若い、新しい時代に生きていかねばなりませぬ。なんでも若いうちに経験なさることです」

「しかし、長崎は遠い」

苦笑いした佑八が、

「ご存じですか、越中島《えっちゅうじま》に砲術の調練場が、築地《つきじ》には講武場が設けられるのを、これもまた新しき時代に即応する人材を育成するために幕府が設けるものです。長崎の伝習所とは違いましょうが新しい息吹を感じることができましょう、見物なされてはいかがです。なにかの参考になりましょう」

と勧めた。講武場は安政三年（一八五六）に講武所と改められることになる。

「男谷《おだに》精一郎《せいいちろう》先生が頭取をなさるという講武場見物か、それもよいな」

江戸育ちの栄五郎はさすがに承知していた。だが、藤之助は直心影流《じきしんかげりゅう》を伝承する男谷精一郎信友《のぶとも》の名を知るくらいで江戸の剣術界でどのように地位にあるのか知らなかった。

「講武場では各派の流儀を超えた剣術を教えるそうでございますな」

「栄五郎、近々訪ねてみぬか」

「よかろう」

と即座に話が決まった。

この日、藤之助と栄五郎は甲斐屋の家族とともに鏡開きの夕餉の席に同伴し、酒を馳走になった。

文乃を伴い、麴町からの帰路、

「老舗の甲斐屋があれほどの覚悟をしておるのだ。長崎に行くくらいでうじうじしていたおれが恥ずかしい」

と栄五郎が言い、

「明日にも築地と越中島を見物に参る」

「それがしも同道しよう」

「今晩にも父に長崎行きをお願いする」

と自らの迷いを振り切るように宣告した。

牛込御留守居町で栄五郎と別れた藤之助と文乃は牛込御門へと下っていった。

「文乃、栄五郎にとってそなたの家の訪問は大いに役に立ったようだ。礼を申す」

「主が奉公人に礼なんておかしいわ」

と答えた文乃が、

「藤之助様に御城から長崎行きの命が下ったらお行きになる」

「行くも行かぬもない。われら直参旗本は幕府の命は絶対だからな」

ふーうん
と文乃が返事をして、そのときはそれで終わった。

三

三日後、座光寺藤之助と酒井栄五郎、それに小野寺保の三人の姿が越中島外れの砲術調練場にあった。この時点で正式に開場はなってなかった。だが、広大な調練場の造成も終え、その準備はなっていた。

黒船の来航以来、幕府を始め各藩は慌てて航海術、砲術、築城法、三兵操典などという異国の兵学の翻訳に努め、鎖国時代に大きく水をあけられた軍事力、科学力など差を縮めようと考えた。だが、二百五十余年の泰平の眠りの間に諸外国との格差は開き過ぎて、付け焼刃ではどうにもならないことを知らされた。

反射炉を築いて大砲を鋳造しようと高島秋帆《たかしましゅうはん》、江川太郎左衛門《えがわたろうざえもん》、水戸の徳川斉昭《とくがわなりあき》、島津斉彬《しまづなりあきら》らが動いたが一朝一夕になるものではない。

手っ取り早く幕府と雄藩はナポレオン砲、カルロネード大口径短砲などを海防用に購入した。そこで日本の沿岸に砲台が築かれ、大砲が海を睨《にら》む風景が見られるようになった。

だが、これらの大砲は諸外国ではもう廃物寸前の代物で事情の疎《うと》い幕府や各藩はこれらを高値で競って買い漁った。

その噂は忽《たちま》ち外国の武器商人の知るところになり、大砲の他にも時代遅れの和銃にとって代わってゲーベル銃、カラベイン銃などが入ってきた。

三人は越中島外れの、だだっぴろいだけの砲術調練場に立ち尽くしていた。

ナポレオン砲が引き出され、砲術指南の周りに生徒たちが集まっていたが、なんとなく弛緩した空気が漂っていた。

ナポレオン砲は四斤砲で野砲と山砲の二種類があった。どうやら開場を待つばかりの調練場に引き出されているのは野砲のようだった。

師匠の命で大筒の先から円錐形の砲弾が入れられ、砲撃の準備がなったようだ。野砲の後ろに先生も生徒も引き、海に向って砲口が狙いを定めた。

「発射するぞ、沖の帆船に当たらぬか」

と栄五郎が越中島の調練場の沖合い五丁ばかりのところに帆を休める千石船を心配した。

「狙いは外しておろう」

藤之助が応じ、保が手で耳を塞いだ。

まず砲口から白い煙が出て、

どどーん!

という砲声が木霊《こだま》した。

砲弾が飛び出して海に向って弧を描いたが二丁も飛ばぬうちに力を失い、調練場の端に、

どさり

と落ちた。

「なんだ、これが西洋の大筒の威力か。和式の大筒と変わらぬではないか」

「栄五郎さん、先の羽田沖の黒船来襲を見物に行きましたが、礼砲と称して発射された大砲はこんなものではありませんでしたよ。立て続けに休みなく放たれる砲声も凄いが、遠くに飛んで波間に落ちる砲弾が上げる飛沫《しぶき》は千石船など飲み込むほどでした」

保は嘉永七年（一八五四）の日米和親条約前に行なわれた羽田沖軍事的示唆の砲撃を見た経験を語った。

「栄五郎、それがしも豆州戸田《ずしゅうへだ》で唐人船が打ち出した大砲を見聞したがこんな鳩鉄砲ではなかったぞ」

「ならばこの様《ざま》はなんだ」

「栄五郎さん、巷では異国から廃物の武器を高く買わされていると噂が飛んでいます。ひょっとしたら、時代遅れのものを押し付けられているのかもしれませんよ」

うーむ
と唸った栄五郎が、

「もう十分だ」

と調練場を後にした。

三人は寒々とした気持ちで永代橋《えいたいばし》を渡り、霊岸島《れいがんじま》から鉄砲洲《てっぽうず》を経て、南小田原町《みなみおだわらちょう》の海岸に出来た講武場に向った。

講武場は幕臣先手組頭男谷精一郎の発案で築地に建設されたばかりだ。幕府では旗本や御家人の子弟を集め、剣術、槍術、柔術、砲術、兵学を学ぶ武術総合練習場と目論《もくろ》んでいた。

むろんその狙いは異国からの外圧に抗するためだ。

頭取に発案者の男谷、剣術教授方として榊原鍵吉《さかきばらけんきち》、桃井春蔵《もものいしゅんぞう》、伊庭軍兵衛《いばぐんべえ》ら、槍術教授は高橋伊勢守政晃《たかはしいせのかみまさみつ》、砲術方には江川太郎左衛門と一流の人材を揃《そろ》えていた。

藤之助と栄五郎は千葉道三郎に、

「講武場見学」

の許しを願った。すると道三郎が、

「まだ正式には開かれてはおらぬ。だが、道場や宿坊は完成しておると聞いた。どういう稽古をなさるかくらいは分かろう。講武場を見物するのも勉強になろう、行って参れ」

と快く男谷に宛てた紹介状を書いてくれた。

その手紙が栄五郎の懐にあった。

三人は講武場御成門横に併設された表門の前に到着した。道三郎は正式に開かれてはおるまいと言ったが、宿舎も厩立《うまやだ》ても師範部屋も剣槍稽古場も完成して、なかなかの威風を見せていた。

それに馬術の稽古か、旗本の子弟たちがぞろぞろと馬場に向っていく風景が見られた。

三人は表門の門番に、

「男谷先生はおられようか」

と尋ねた。

「頭取はおられるが多忙の身にござる。どちらから参られたな」

「われら、玄武館の門弟にござる。男谷先生に宛てた千葉道三郎の紹介状を持参しておる」

と懐から出して見せた。

門番はどうしたものかという顔で思案した。そこへ一人の武家が通りかかり、

「千葉道場の門弟衆か、それがしが頭取の下まで案内しよう」

と声をかけてくれた。

「恐縮にございます」

栄五郎が教授方と思える壮年の武士に頭を下げ、藤之助も保も真似た。

「それがし、伊庭軍兵衛にござる」

「挨拶が遅れました。それがし、酒井栄五郎、朋輩は座光寺藤之助、小野寺保にございます」

「参ろうか」

伊庭に案内されて講武場に踏み込んだ。造成地に建設されたばかりの武術稽古所だ。庭などは未だ整備されていなかったが、広々とした敷地には、

「外圧なにするものぞ」

という緊張の空気が漲《みなぎ》っていた。

「周作先生が身罷《みまか》られてそろそろ一月《ひとつき》、道場は落ち着かれたか」

「道三郎の下、稽古に励んでおります」

伊庭の目が三人の中でも一際《ひときわ》長身の藤之助に向けられた。

「座光寺家は交代寄合であったな」

「はい、伊那が領地にございます」

「噂に聞いた。家定様にお目見《めみえ》なされた座光寺当主は信濃一傳流の遣い手とな、そな

たじゃな」

「伊那の田舎剣法にございます」

「謙遜あるな、楽しみかな」

と伊庭が笑ったとき、四人は師範部屋の建物の傍らを抜けて剣槍稽古場に到着していた。

稽古の声が道場から響いてきた。

「このようなご時世にこそ剣槍の道場が必要だと改めて幕府は造られたのだ。男谷頭取は、講武場は一騎当千の武士《もののふ》を育てる、稽古はいかに激しくても構わぬと、申された。入所に際しては全員から死をも厭《いと》わずの一札を入れることになっておる」

と説明し、

「上がりなされ」

と三人を道場に立ち入ることを許した。

新築なったばかりの道場には木の香と壁土の匂いが漂っていた。道場は、三百畳はあろうかという広さだ。見所ですら町道場の広さを持っていた。

その見所には幕府の重臣と教授方が十二、三人座して、四十余人の門弟の立会いを見物していた。

「講武場の門弟たちを指導する助教の選抜をしておるところだ」

伊庭が見所の真ん中に座る頭取男谷精一郎に栄五郎を伴い、千葉道三郎の手紙を差し出させた。

藤之助と保は道場の端に座して、男谷の許しが出るのを待っていた。

男谷は幼名新太郎《しんたろう》、通称が精一郎だ。

寛政《かんせい》十年（一七九八）正月元日生まれ、五十八歳になったばかりだ。

男谷が道三郎の文を披《ひら》き、読み始めた。

藤之助と保は実戦形式の試合につい目がいった。その場にある助教候補生たちの稽古着はまちまちだが、髷《まげ》は月代《さかやき》が極端に狭く、後に、

「講武所風」

と呼ばれる髪型をしていた。

立会いの道具は竹刀だが、防具は着けず、鉢巻をしている者がいるくらいだ。

藤之助はすでに三人ばかりを鮮やかに叩き伏せた巨漢の武士に注目して見ていた。

三十前後か、巨体にもかかわらず動きが迅速で足の運びも軽やかだ。

四人目は立合いから腰が引けていた。

教授方から、

「そなた、講武場になにしに参った。そのような腰付きで講武場の助教が勤まるか！」

「本目《ほんめ》、遠慮のう叩き伏せよ！」

という声が飛んだ。

腰が引けていた候補生は必死の形相で本目と呼ばれた巨漢に立ち向かっていったが、したたかに脳天を殴られてその場に昏倒した。

栄五郎が二人の所に戻ってきた。

「見物のお許しが出た」

と藤之助に言った栄五郎が、

「さすがに粒が揃っておるな。あの男、直心影流男谷頭取門下の本目虎之助《とらのすけ》どのだ。江戸ではすでに剣名が知られておる」

と説明した。

本目はさらに二人三人と打ち破り、平然としていた。

次の相手が呼び出されようとしたが頭取の男谷がそれを制止した。

「本日、北辰一刀流玄武館から三人の門弟が見物に来ておられる」

とその場にいる助教候補生に話しかけた男谷の視線が藤之助たちに向けられた。

「見物だけでは面白くあるまい。どうだな、稽古に参加されては」

と不意に誘い掛けた。

「はっ、それは」

と驚きの声を発した後、絶句した栄五郎が藤之助を見た。

「おれや保では恥を掻《か》きに出るようなものだぞ」

「栄五郎、後学のためだ、本目どのの一撃を受けてこい」

「遠慮する、そなたが出よ」

と藤之助に譲った。

頷いた藤之助はすっくと立ち上がった。

「男谷先生に申し上げます。お誘いゆえ未熟者ながら座光寺藤之助、お相手仕る」

脇差《わきざし》を抜いて藤源次《とうげんじ》助真《すけざね》の傍に置くと助教候補の一人が竹刀を持ってきた。その中から三尺四寸余のものを選び、

「お借り申す」

と挨拶すると見所の教授方に一礼し、すでに七人を打ち破って意気上がる本目虎之助の前へと進み出た。

「お手柔らかに」

「講武場ではその言葉禁句である」

　本目が答え、

「遠慮のう参られよ、こちらも手加減はせぬ」

　と宣告した。

「承知仕りました」

　藤之助は本目に一礼すると両の足を開き、竹刀を頭上に高々と突上げた。

　道場に驚きの声が広がった。だが、それは助教と見所の師範方では見方が異なっていた。助教候補生らは、

「本目虎之助を相手になんと大胆にも無謀なことを」

　と考え、高床の男谷らは、

「さすがに戦場往来の気風を残す剣術、構えが大きいな」

　と感嘆の声だった。

　信濃一傳流の気構え、

「天竜を呑め、高嶺を見下ろせ」

　を取った。

　江戸に出て、藤之助の背丈は一寸以上も伸びていた。六尺を越えた長身が高々と突

上げた竹刀に、

「こやつ、馬鹿にしくさって！」

と本目虎之助は怒りを覚えた。

上位者に対して上段の構えを取ることは非礼でもあり、勇気がいることでもあった。

座光寺藤之助と名乗った無名の剣者はなんと高々と竹刀を突上げたではないか。

（おのれ、道場の床を嘗《な》めさせてくれん）

と本目も上段の構えをとった。

二人の間合いは一間半。二人ともに長身なだけに互いが踏み込めば勝負の仕切りは一瞬にして切られる。

藤之助の竹刀が悠然と下りてきて、正眼の位置に止まった。

これで上段と正眼の構えへと変わった。

本目の心の中には、

（虚仮威《こけおど》しの構えをしおって）

という憤激の想いが未だ渦巻いていた。

互いの目の中に切っ掛けを探っていた二人のうち、本目が先に動いた。

本目は突進しながら上段の竹刀を藤之助の面に振り下ろした。竹刀が道場の空気を切り裂いた。

藤之助は僅《わず》かに間をずらして踏み込んでいた。

正眼の竹刀が本目の突進してくる拳に向って伸びて、

「小手！」

と叩いた。

本目の振り下ろす竹刀の勢いが殺《そ》がれて流れ、本目が、

「浅うござる」

と宣告すると素早く上段の構えへと戻した。

藤之助は顔色も表情も変えず、正眼へと戻した。

本目虎之助も歴戦の剣者だ。

藤之助が尋常の相手ではないと覚《さと》っていた。

この次の一撃にすべてを賭ける。その気概を全身に見せて上段に構えた竹刀の切り先を小刻みに動かし、前後に足を踏み変え、間合いを計らせないように試みた。

藤之助は不動の構えだ、動かない。

本目虎之助が出るのを待つ構えだ。

巨体を揺らしながら藤之助の隙を窺っていた本目が、

すいっ
と前進してきた。
先ほどとは全く異なる攻撃の姿勢だ。
藤之助は流れるように間合いを詰めてきた本目を引き付けるだけ引き付けた。
本目の上段打ちが再び藤之助の脳天を目掛けて雪崩《なだ》れ落ちてきた。
本目虎之助の巨体が不動の藤之助の視界を塞いだ瞬間、藤之助の正眼の竹刀が躍って突進してくる本目の肩口を、
びしり
と捉えた。
しなやかに肩口を巻きつくように叩かれた竹刀の衝撃に本目の両膝が思わず、
がくん
と沈んでその場に膝から落ちた。
「勝負あり！」
見所から男谷精一郎の声がした。
「さすがは信濃一傳流片桐神無斎どのの一番弟子かな、江戸の道場剣術では太刀打ちできぬな」

と言葉を続けた。

藤之助は道場の端に引いて次を待った。

本目虎之助が悔しそうに身仕舞いを正し、床に正座した。

「虎之助、悔しいか」

「悔しゅうござる」

虎之助は真っ赤にした顔に悔しさを剝《む》き出しにして答えた。

男谷の高笑いが響いた。

「虎之助、今のそなたでは座光寺どのには太刀打ちはできぬ。この男谷も負かされようからのう」

その場の一同が言葉を失った。

「信じぬか」

だれも答えない。

「近頃、左手一本突きで江戸の道場、各流派を震撼させた熊谷十太夫なる剣客がいたな。この男谷も苦戦した。その者と二度にわたり打ち倒し、最後は真剣勝負で屠《はふ》った主が、虎之助、そなたが相手をした座光寺藤之助どののじゃぞ」

静かにも感嘆の声が広がった。

座光寺藤之助の剣名が江戸に広がった一瞬であった。

「座光寺どの、そなたの剣芸眼福であった。千葉どのにお願いいたしておく。ときにな、講武場に参られよ」

「はっ」

と藤之助が畏まった。

四

講武場を訪ねた翌日、座光寺家に幕府の使いが訪れ、早々に城中柳の間に赴くようとの命があった。応対したのは家老の引田武兵衛で、使者が帰るやいなや玄武館に家来を差し向け、帰邸を伝えさせた。

藤之助はそのとき、稽古も終わり、千葉道三郎に見所下に呼ばれたところであった。藤之助とともに栄五郎、保もいた。

「どうだ、講武場の稽古場は」

「先生、ちょうど助教方の選抜試験が行なわれていた最中で男谷頭取以下、桃井春蔵先生、伊庭軍兵衛先生と剣術方のお歴々が顔を揃えておられました」

と栄五郎が報告した。

「それはよきところに参ったな」

「はあ」

「どうした、栄五郎」

「講武場入門に際し、稽古で亡くなっても致し方なしという一札を入れるそうです
ね。どうやら厳しい稽古が課せられるようです」

「混乱する時世に合わせて造られた講武場だ、仕方あるまい」

「助教の選抜稽古にわれらも男谷先生からお誘いをうけ、三人を代表して藤之助が出
ました」

「ほう」

栄五郎が手際よく、いささか大仰《おおぎょう》と思えるほどに藤之助と本目虎之助の勝負の模様
と男谷らの言葉を告げて、道三郎が、

「本目も信濃一傳流にやられたか」

と満足げな笑みを浮かべた。

「先生、栄五郎の報告はいささか作り事めいております」

「その辺は差し引いて聞いておる」

と笑った道三郎が、

「藤之助、男谷先生が熊谷十太夫との勝負をご存じとはそなたの名が江戸に轟く前兆じゃな」

と感想を述べた。そこへ門弟の一人が座光寺家から使いが来て、早々に屋敷に立ち戻るよう言付《ことづ》けが伝えられた。

藤之助には火急の用の覚えがなかった。

道三郎に断り、稽古着を普段着に着替えて玄武館の玄関に出ると小姓の相模辰治が待っていた。

「どうした」

「御城中よりの使者にございます。まずは屋敷に立ち戻り、お召し替えの上急ぎ登城を願いたいとご家老の言付けです」

「火急の登城とな」

首を捻《ひね》っても思い当たることはない。

交代寄合は直参旗本であることに変わりない。幕府の命はなににも増して最優先されるべき御用だ。

主従二人はお玉ヶ池から牛込御門に走るように戻った。すると屋敷内では御城上がりの行列の仕度《したく》が整えられていた。

「藤之助様、お急ぎを」

武兵衛に促《うなが》されるまま奥座敷に入ると老女のおよしと奥女中の文乃が熨斗目《のしめ》の小袖《こそで》に半裃《はんかみしも》を用意して待っていた。

「待たせたな」

藤之助は普段着を脱ぐと小袖が肩から着せ掛けられ、裃を身につけた。そこへ武兵衛がせかせかと姿を見せた。

「武兵衛、使者の口上はいかに」

「火急に詰めの間に出座せよというものにございます」

顔を引き攣《つ》らせた武兵衛が問うた。

「昨日、どちらに参られましたな」

「千葉先生の許しを得て大川河口に出来た講武場を見学に参った」

「どなたかとお会いになりましたか」

「頭取の男谷精一郎先生ら教授方にはお会いした」

「なんぞ騒ぎは起こされますまいな」

武兵衛は矢継ぎ早に聞いた。

「男谷先生の命でお一人と立ち会っただけだ」

「立ち会われた、どなたとです」

「本目虎之助どのだ」

「本目様、して結果は」

「どちらかが勝ち、どちらかが負けた。それだけのことだ」

藤之助が答えた。

「藤之助様、冗談を申されている場合ではございませぬ。座光寺家に幕府から火急の用など絶えてなかったことです」

文乃が、
ほほほっ
と声を出して笑い、

「これ、文乃」

とおよしが睨《にら》んで注意した。

「ご家老、勝敗など知れております。藤之助様がお勝ちになったに決まってます」

文乃は無邪気に答えた。

「そうか、勝たれたか」

「武兵衛、見所には幕臣らしき方々もおられた」

「となるとやはり昨日の一件と此度《こたび》の呼び出しは関わりがございますかな」

文乃が、

「さてどうでしょう」

と呟いた。

「文乃、そなた、なんぞ承知か」

「いつぞや藤之助様が衣服に血の臭いをつけてお屋敷にお戻りになられました」

およしと武兵衛が目を剝《む》いた。

「文乃、その時、なぜ報告せぬ」

「ただ血の臭いがしただけのこと、藤之助様の行動を一々ご家老に言いつけられませぬ。ところが実家の番頭がその理由を存じておりました」

「文乃、番頭の篤蔵が承知していたとな」

「先ごろ、江戸市中を左手一本の突きを得意とする道場破りの熊谷 某《なにがし》なる剣術家が出没し、各道場がこの者のために一敗地に塗《まみ》れたそうです。玄武館にも現われ、佐和潟様がこの熊谷の突きを喉に受けて亡くなられました」

「そのことは承知しておる」

と武兵衛が文乃に叫んだ。

「ご家老、後日談がございます」

「話せ」

「熊谷十太夫は試合で負けたことを恨みに思うたか、藤之助様を待ち伏せして真剣勝負を挑んだのです」

「なんと、知らなかったぞ」

「神田川、さいかち坂だそうです」

「文乃、そなた、それにしても見たように承知じゃな」

と老女のおよしが文乃を睨んだ。

「過日、実家に帰った折、戦いの場におられた酒井栄五郎様も同道なされ、栄五郎様が文乃に詳しくお話しになられたのです」

「文乃、なぜそれをそれがしに報告せぬ」

「ご家老、先ほども申しましたわ、主様の許しもなくお話しできませぬ」

「これ、文乃、先ほどから言葉遣いが乱暴ですぞ」

とおよしが文乃に注意し、

「となるとお褒《ほ》めの言葉を受けるためのお呼び出しか」

と武兵衛が呟いた。

「武兵衛、さように悠長な時代ではないわ」

「となるとなんぞお叱りですか」

武兵衛の顔がまた緊張に引き攣った。

「屋敷でいろいろと推測しても何の役にも立つまい」

仕度が終わった藤之助が玄関に出て、駕籠《かご》に乗り込んだ。


「文化十年（一八一三）八月、大目付附札、御旗本は万石以下、御番衆迄《まで》ノ通称、御家人と申すは御目見以上……」

と『類例要略集』にあるように旗本は万石以下御番衆まで、大名は万石以上と決まりがあった。また大名家は老中、旗本は若年寄差配《さはい》と区別されていたが、役職上、旗本も老中に差配されることもあった。

座光寺家は旗本身分交代寄合衆だが、国持大名と同じく司法と行政権を有して大名と同じく領内統治権、いわゆる領主権を保持していた。

交代寄合は一万石以下にもかかわらず大名並の扱いを受け、登城の際も大名に伍して帝鑑の間や柳の間に詰めた。

城中に上がった座光寺藤之助は柳の間に入った。すると茶坊主が姿を見せ、

「座光寺様にございますな」

と念を押した。

「いかにも座光寺藤之助為清にござる」

「御刀をお預かり致します」

と手に提げてきた藤源次助真を取り上げられた。どうやら脇差だけは許されるようだ。

「こちらへ」

即刻藤之助は茶坊主に案内されて中奥の廊下を奥へと向った。

藤之助が御城に上がるのは三度目のことだ。家定お目見の折、年賀登城と二度城中に上がっていた。一、二度目はさすがに緊張したが、三度目は周りを見回す余裕もあった。

頭を下げ、腰を軽く折って進む茶坊主が、

「座光寺様、お頭《つむ》をお下げ下さい」

と胸を張って歩く藤之助に命じた。

「城中を歩くときは頭を下げるのか」

藤之助は長身を折って茶坊主の命に従った。

「老中の御用部屋にございます」

と茶坊主が言い、藤之助はようやく老中に呼び出されたかと悟らされた。

茶坊主に真似《まね》て大廊下に座した。

「交代寄合座光寺為清様のお見えにございます」

襖《ふすま》の向こうから人の気配が伝わってきたが、茶坊主の声に一瞬静まり、

「入られよ」

との入室を許す言葉がかけられた。

茶坊主が襖を引き、

「座光寺様、ご入室を」

と命じた。

「失礼致す」

藤之助は廊下から御用部屋に入ると膝を屈して座った。

「前へ」

広い御用部屋の中央に五人の老中が顔を揃えて藤之助の挙動の一部始終を観察する様子があった。さらに部屋の隅に六、七人の者たちが控えていた。

藤之助は膝行《しっこう》で一間程進み、

「座光寺為清、お呼びにより登城致しました」

と平伏した。

「座光寺為清どの、ご苦労にござる。面《おもて》を上げられよ」

その声で藤之助は顔を上げた。

「老中首座堀田正睦《ほったまさよし》である」

堀田は下総佐倉《しもうささくら》藩十一万三千石の譜代大名だ。天保十二年（一八四一）に老中職に抜擢され、一旦《いったん》職を辞した後、安政二年（一八五五）老中首座に再任されていた。

「はっ」

と軽く藤之助は頭をまた下げた。

その折、堀田の背後に見知った顔を見付けた。堀田家の給人、年寄目付の陣内嘉《じんないか》右衛門《えもん》だ。

「ここにおられるは老中阿部伊勢《あべいせ》どの、牧野備前《まきのびぜん》どの、久世大和《くぜやまと》どの、内藤紀伊《ないとうきい》どののじゃあ」

と四人の老中の名を上げた。

「はっ」

とまた藤之助は頭を下げた。

「家定様お目見《めみえ》祝《しゅうちゃく》着に存ずる」

「恐縮にございます」

「その方に命ずる」

「なんなりと」

「明後日早朝、江戸湊を幕府御用船江戸丸が出帆致す、搭乗せよ」

「畏まって候」

堀田正睦が藤之助の顔をまじまじと見た。

「行く先は聞かぬか」

「武家は御命のままに動くが本分と心得ます。内容はさして意味なきことにございます」

「よう言うた」

と誉めた堀田が、

「その命に不審を抱きとき、どうなすか」

「まずはお受け致します」

「その後は」

「その後はその場にて判断致しまする」

「命に背くこともあるか」

「場合によりましては」

藤之助の平然たる答えに場から嘆声とも溜息ともつかぬ声が洩れた。

「そなた、ちと風変わりな旗本よのう」

「最近まで伊那にて駆け回っていた山猿にござれば」

藤之助は、高家《こうけ》肝煎《きもいり》品川《しながわ》式部《しきぶ》大夫《たいふ》の三男左京が座光寺家に養子に入り、それに藤之助が取って替わった経緯はこの場の全ての者が承知しておることと考えた。ならば出《しゅっ》自《じ》を隠すこともない。

「幕府は危急存亡の時を迎えておる。四海には異国の砲艦がうろつき、先には羽田《はねだ》沖まで侵入してきた」

藤之助はただ頷く。

「そなた、昨日、講武場を見物に参ったそうな」

「はっ」

「あの場に大御番頭遠山《とおやま》安芸《あき》がおったが承知か」

「いえ」

「遠山からそなたが男谷精一郎の自慢の高弟本目虎之助を打ち破った経緯は聞いた。豆州戸田湊の騒ぎ、熊谷十太夫を仕留めた諸々の一件もこの堀田承知しておる」

「恐れ入ります」

「そなた、伊那から出てきて三月《みつき》になるかならぬかというに身辺忙しいのう」

「堀田様、恐れながら申し上げます」

「申せ」

「藤之助為清自ら起こした騒ぎはございませぬ。すべて降りかかった火の粉にございます。これは偏《ひとえ》に激変する時代が引き起こした騒ぎかと推量致します」

「激変する時代に剣を目指すはなにゆえか」

「幕府にても講武場を設けられ、剣槍などを敢《あ》えて修行なさる所存と一緒にございます」

「その所存聞こうか」

「戦国時代の大筒と異国の最新の大砲を比べれば、彼我の差は明らかにございます。われらが生き残るために異国の軍事力、科学力を学ぶは当然のことにございましょう。だが、彼我の差は一朝一夕では埋まりませぬ。われら、臥薪嘗胆《がしんしょうたん》の季節を耐えねばなりませぬ。その折、古来の武術で肚《はら》を練り、肝を鍛えることが役に立とうかと忠います。座光寺藤之助が剣を学んできたはそのためにございます」

「そなた、昨日、砲術調練場も見物致したな。いかがであった」

「あの火力では唐の海賊船すら追い払うことは出来ますまい。ですが、一から学ぶにはあの操練もまた必要かと存じます」

「座光寺為清、われらには時がない。のんびりと異国の進んだ力を学ぶ時は許されておらぬ。異国が積み重ねてきた何倍もの速さで学ばねばならぬ」

「拙速は上策に非《あら》ず」

「だが、その時がない」

と堀田正睦は改めて答えた。

「座光寺、そなた、長崎に参れ」

「畏まりました」

「一刻の猶予もないぞ」

藤之助はその場に平伏した。

柳の間に一旦下がった藤之助の下へ堀田正睦家の年寄目付陣内嘉右衛門と大目付丹《たん》波《ば》直忠《なおただ》と今一人玄武館にいた人物の三人が姿を見せた。

「座光寺どの、そなた大目付の丹波どのは存じておるな。もう一方は大御番頭遠山安芸守宗鶴《そうかく》どのだ」

と陣内が紹介してくれた。

藤之助は玄武館では確かに見かけたが、講武場にいたとは気が付かなかった。

「座光寺藤之助にございます」

藤之助は丹波と遠山に頭を下げた。

「お役目ご苦労に存ずる。そなたなれば堀田様の御期待に応えられよう」

と丹波が言い、遠山が、

「そなたの剣、二度にわたって見せてもろうたが稀有《けう》の剣じゃあ。これからの時代、そなたの力を必要とする時が必ず参る。よいな、与えられた機会を存分に生かしなされ」

と激励された。

「座光寺藤之助、身命を賭してご奉公申します」

三人が頷き、陣内が、

「藤之助どの、勘定方《かんじようがた》より下げ渡された仕度金じゃあ、遠慮のう受け取られよ」

と袱紗《ふくさ》包みを藤之助の前に差し出した。

第三章　伝習所候補生

一

城下がりした座光寺《ざこうじ》家では主の藤之助為清《とうのすけためすが》が仏間に入ったというので屋敷じゅうに緊張が走った。

「何事か、仏間に入られるとは尋常ではなかろう」

「まさか、お家改易《かいえき》ではあるまいな」

家来たちがひそひそと話し合った。

三月《みつき》前に発生した大地震以来、座光寺家を様々な変化が襲い続けていた。なにより主が交代した一事は家臣の中にもどう考えてよいか、未だ戸惑いを隠せない者もいた。

だが、伊那谷から江戸に出てきた新しき主が先代に比べ、はるかに器が大きく、話の分かる人物と承知していたから、

（ここは藤之助様のお言葉を聞くしかあるまい）

とその時を待った。

仏間にはお列《れつ》と家老の引田《ひきた》武兵衛《たけべえ》が同座し、先祖の霊に何事かが報告された。その後、主だった家臣数人が仏間に集められた。

薄暗い仏間に会した藤之助、お列、武兵衛の三人の顔に静かな興奮が漂っていた。家来たちは何事か推量つかぬままに主の言葉を待った。

武兵衛がまず口を開いた。

「本日突然の城中お呼び出し、すでに皆の者も承知しておろう。絶えて久しきことながらわが座光寺家に御役が下った」

おおっ！

という静かなどよめきが起こった。

交代寄合《こうたいよりあい》伊那衆《いなしゅう》の一家座光寺家は忘れられた存在として二百数十年余も打ち捨てられてきたのだ。

「これ、静かにせぬか」

と制止する武兵衛の言葉もどことなく興奮の色を隠せなかった。

将軍家直参《じきさん》の旗本御家人といえども役職に就いた一部を除いて御城に上がるなど年賀の総登城など儀式の折だけ、それが大半の旗本家だった。

騒乱の時代に命が下った。それは座光寺家に光が当たったことを意味した。

「今、藤之助様よりご報告が下される」

と武兵衛が藤之助に視線を巡らした。

「皆の者に心配をかけたな。本日呼ばれた場所は、老中の御用部屋であった。そこには首座の堀田《ほった》正睦《まさよし》様を始め、五老中全員が同席なされ、座光寺為清に長崎に赴くように命が下された」

ほう、
驚きの声が洩《も》れた。

家臣たちは座光寺家への御用を老中全員同席の中で命じられたという一事にまず感激したのだ。

「海軍伝習所は幕府が異国の砲艦などの圧力に抗して、新たに設けられた所だ。阿蘭陀《オランダ》国から蒸気軍艦が寄贈されたのを機会に造船術、砲術、航海術、操船術などを学ぶことが決まったそうな。幕府でも最早《もはや》この時代、剣と槍だけでは外国諸勢力に太刀打ちできぬと考えてのことであろう。すでに長崎には幕臣勝麟太郎《かつりんたろう》、矢田堀景蔵《やたぼりけいぞう》、榎本釜次郎《えのもとかまじろう》どのの他に、先に亜米利加《アメリカ》国のペリー提督との折衝にあたった中島三郎助《なかじまさぶろうすけ》どのらが赴任しておられるという、だが、それがしがなにをなすかは未だ不分明だ。ともあれ明後日早朝、江戸湊《みなと》を出帆する幕府御用船江戸丸に同乗して赴任致す」

「藤之助様、長崎滞在はどれほどになりますか」

「堀田様は期限を申されなかった。同行がおるのかどうかも知らされておらぬ。まず長崎へ赴任せよとの命を発せられた。行くしかあるまい」

藤之助は酒井栄五郎《さかいえいごろう》と同じ船かどうか気に掛かったが知る術はなかった。

藤之助はお列に、

「養母上《ははうえ》、藤之助が屋敷を留守する間、ご迷惑をかけると存じますが宜《よろ》しくお願い申します」

とまず願った。

「藤之助どの、屋敷のことは気に致さず御用を存分に務めてこられよ」

「畏《かしこ》まりました」

武兵衛は親子の会話を聞いていたが、

「藤之助様、だれぞ供を連れて参られますか」

「幕府の御用船に同乗する旅だ。そのようなことは許されまい。なあにわが身くらい始末できる」

藤之助の言葉にお列が頷《うなず》いた。

「そなたらも武兵衛の命を守り、交代寄合の本分を尽せ。異国が押し寄せてくる時代こそ肚《はら》が据《す》わった人物が要る。そのための稽古だ、倦《う》まず撓《たゆ》まず稽古をなせ」

「はっ」

と畏まった重臣たちが仏間を去り、お列と武兵衛、それに藤之助の三人だけになった。

「藤之助様が江戸に出られて蒔《ま》かれた種は未だ地中にございますが、確実に芽吹きの時を待っております。ご心配召されますな。朝稽古も日常の勤めもおさおさ怠りなく務めます」

「一番の心配は生計《たつき》であろう」

「藤之助どの、江戸屋敷に入ったばかりのそなたにそのようなことまで案じさせて相すみませせぬ」

お列が嘆き、武兵衛が暗い顔をした。

藤之助は陣内《じんない》嘉右衛門《かえもん》の手を通して下げ渡された袱紗《ふくさ》包みを二人の前に差し出し、

「御用の仕度金が下された」

「此度《こたび》の御用には仕度金がございますので」

頷いた藤之助が袱紗を開くと切り餅十二個三百両が姿を見せた。

「なんと三百両も……」

武兵衛が驚きのあまり途中で言葉を飲み込んだ。

「藤之助どの、此度の御用、危なき奉公ではございませぬか」

「武士の御用は命を賭す、当然のことにございます。どのような御用であれ、座光寺藤之助、見事務めを果たしてみせまする」

とお列を安心させるように言った。だが、藤之助は格別に仕度金三百両も出たことに訝《いぶか》しさを感じていた。だが、そのような心配より座光寺家にとって喉から手が出るほどに欲しい金子だ。有り難く使わせてもらおうと藤之助は肚を括《くく》った。

「お列様、これは座光寺家繁栄の瑞兆《ずいちょう》にございますぞ」

と武兵衛が言い、藤之助は切餅二つを除いて武兵衛の前に差し出した。

「江戸をどれほど不在にするか分からぬがなんとかこの金子で屋敷の体面を保て」

「藤之助様、これは御用の仕度金にございますぞ」

「仕度金にしてはちと多いわ。三百両など懐に入れて長崎に行くなど落ち着かぬ。勘定方直《じか》の下げ渡しではなく、陣内嘉右衛門様がそれがしに渡されたことに含みがあろう」

「含みとはなんですね、藤之助どの」

「養母上、それがし、此度の御用は座光寺家を試されてのことかと考えております。堀田様方がお考えになる御用はまた別のことかもしれませぬ。先々のことを案じても致し方ございますまい。下げ渡された金子も禄米を売って得た小判も変わりはございますまい」

「そう言われれば藤之助どのの申すとおり」

お列が自らを得心させるように首肯《しゆこう》した。

「この二百五十両、お預かりしてようございますか」

「構わぬ」

と答える藤之助にお列が、

「引田、藤之助どのの身支度怠りないようになされ」

と命じた。

翌朝、屋敷での朝稽古を終えた藤之助は玄武館《げんぶかん》に駆け付け、道三郎《どうざぶろう》に面会を求めた。

「道三郎様、昨日、城中に呼ばれた一件ご報告申し上げます」

「うーむ」

と答えた道三郎はすでにおよその内容を承知している顔付きをしていた。

藤之助はそれには構わず一切を告げた。

「此度の御用は座光寺藤之助どのが世に出る切っ掛けになろう、見事果たせ」

「御用を承《うけたまわ》った場に大御番頭の遠山様と大目付丹波様がおられ、堀田様の年寄日付の陣内様と三人で改めて詰めの間でお会いしました」

「座光寺どの、そなたが豆州《ずしゆう》戸田湊《へだみなと》で陣内様にお会いしたことが幕閣にそなたの名が知れる切っ掛けとなったようだ。長崎行きの御用の後にもそなたの出番が来る、よいな、与えられた職責を果たして参られよ」

「有難うございます」

藤之助が礼を言って道場に戻った。

玄武館の稽古がいつものように昼前に終わったとき、上野権八郎《ごんぱちろう》が、

「藤之助、ちと付き合うてくれぬか」

「なんです」

「栄五郎の長崎行きが思いがけずに早くなった。明朝、江戸湊を出帆する御用船でいくそうだ。そこでな、栄五郎がわれらに惜別の宴を持てと催促しておるのだ」

「参ります」

「場所はいつもの魚寅《うおとら》だ。刻限は明日のこともあるで八つ半（午後三時）と決めた」

「承知しました。それがし、それまで用事を済ませて魚寅に参ります」

藤之助は稽古着を普段着に着替えると早々に玄武館を出た。訪ねて行く先は浅草山《あさくささん》谷町《やまち》の巽屋左右次《たつみやそうじ》親分の家だった。

松飾りが取れた町を藤之助は、ぱっぱっと足を進めた。熱田社《あつたしゃ》の前の巽屋に辿《たど》りついたのは九つ半（午後一時）過ぎのことだ。

「おや、藤之助様」

と兎之吉《うのきち》が出迎えた。

「親分はおられようか」

「留守ですがねえ、行く先は分かってまさあ。吉原ですよ、わっしも今戻ってきたところだ」

「ならばこの足で参ろう」

「用事ですかえ、ご案内しますぜ」

「案内もなにも承知しておる」

「まあ、そう仰《おっしゃ》らずに」

藤之助と兎之吉の二人が通りを行くと、頭ひとつ分背丈が違った。

兎之吉は小柄だった。だが、町回りで鍛えられた足の運びで大柄の藤之助に易々《やすやす》と付いてきた。二人はこれまでの付き合いで気心も動きもすべて承知し合っていた。

「吉原全体の整地が終わり、改めて区割りをしているんでさあ」

吉原は昨年の大地震で焼失し、多くの遊女や客が犠牲になっていた。そこで江戸じゅうに散って仮宅《かりたく》営業五百日の最中だ。

「藤之助さん、瀬紫《せむらさき》が姿を見せる様子はございませんかえ」

「おらんか、姿を見せぬな」

稲木楼《いなきろう》の抱え女郎瀬紫と先代の座光寺左京は馴染《なじ》みの仲だった。

あの大地震の夜も吉原に居合わせた二人は騒乱の最中に稲木楼の穴蔵から八百四十余両の大金を盗み出し、吉原を逃走していた。

その探索を通じて藤之助と兎之吉は親しい仲になっていたのだ。

「戸田沖の唐人船で別れたのが最後であったな」

「あの女、絶対に生き延びてまた藤之助様の前に姿を見せますぜ」

頷いた藤之助は兎之吉に長崎行きの話を告げた。

「これはまた急な話ですね」

「御用とあらば致し方あるまい。そこで親分に挨拶に参ったのだ。留守の間、屋敷のこともあるでな」

「そんなことでしたか」

二人は山谷堀に架かる土橋を渡って、緩やかに曲がりくねる五十間道を下っていった。すると大門があった辺りに町奉行所隠密方の与力同心、それに吉原会所の頭取やら吉原の旦那方が集まり、絵図面を見ていた。

その輪の外に左右次の姿もあった。

「親分、座光寺様がいらっしゃいました」

「藤之助様、急ぎの御用ですかえ」

「なあに親分に別れの挨拶に参っただけだ」

「別れの挨拶、お国許にでも帰られますので」

「そうではない。御用で肥前《ひぜん》長崎に参るのだ」

と簡単な経緯《いきさつ》を話した藤之助が、

「屋敷を留守中、なにかと面倒をかけるやもしれぬ。そこで挨拶に立ち寄っただけだ」

「そいつはご丁寧に」

と答えた左右次が、

「老中直々のご用命なんぞ滅多《めった》にあるもんじゃあございませんや。こいつはね、藤之助様が世に出られる瑞兆ですぜ」

とこの一件が持ち上がって何人かから聞かされたと同じ言葉を告げた。

「そうあればよいがな。ともかく屋敷のこと頼む」

と頭を下げる藤之助に稲木楼の主甲右衛門《こうえもん》が近付いてきて、

「座光寺の殿様、どうされましたな、親分に頭など下げて」

と話に加わった。

「甲右衛門さん、藤之助さんが出世されたそうなんだ」

と長崎行きを告げた。

「そりゃ、出世と関わりあるかどうか知れたものじゃないよ。大きな声じゃあいえないが幕府の屋台骨はがたがただ。慌てて異国対策にあちらに伝習所、こちらに調練場と造ってなさるが、いかにも付け焼刃の感は免れませんよ」

と親分に言うと隠密方の与力同心を振り見て、

「あの方々も吉原のことはもちろんのこと、幕府のことだって小指の先ほども考えておられませぬ。関心あるのはいかに賂《まいない》を頂くかそれだけです」

と苦笑いした。

「座光寺様、いいですかえ、最後の決断はお一人でなさることですよ。沈みかかった幕府という大船はあちらこちらに穴が開いた泥船ですからね」

と手厳しい言葉を吐いた。これが町人、商人の見方だった。

「甲右衛門どのの言葉肝に銘じておこう」

「座光寺様、うちの仮宅に立ち寄って下さいな。長崎行きのお餞別《せんべつ》を用意させますでな」

「気持ちだけ頂こう。ちと用事もあるのでこれで失礼致す」

稲木楼の甲右衛門、巽屋の左右次、兎之吉に再び別れの挨拶すると、踵《きびす》を返して日本堤に向った。

魚寅に立ち寄ったとき、すでに八つ半は過ぎて店の中から玄武館の門弟たちの賑《にぎ》やかな声が通りまで響いてきた。

「遅くなったな」

なんと送別の宴に十数人の若い門弟が集まっていた。

「おおっ、藤之助、こちらに参れ。急な話じゃが明朝長崎に立つ」

と栄五郎が答え、手を差し出した。

「それはご苦労だな、この手はなんだ」

「肥前長崎に参るのだ、餞別だ」

という栄五郎に小野寺保《おのでらたもつ》が、

「先ほどから此処《ここ》におられる全員に餞別を申し出ておられるのですが、どなたもお出しになりません」

と説明した。

「だれが出すか、栄五郎が玄武館からいなくなって喜ぶものはいても寂しがる者はいまい」

御家人の嫡男吉田《よしだ》百太郎《ひゃくたろう》が手をひらひらと振って、

「座光寺、一人だけ抜け駆けしてはならぬぞ」

と釘を差した。

「なんと薄情な友ばかりか」

栄五郎が肩を大袈裟《おおげさ》に落として茶碗酒を呷《あお》った。

「栄五郎、幕府御用船とは江戸丸か」

「いかにもさようだ。ようも承知じゃな」

「おれも乗るでな」

「なにっ、藤之助も長崎に参るのか」

「昨日、城中にお呼び出しがあり、老中首座堀田様より命を受けた」

「そなたは老中か。おれは父上から勉学のために御用船に乗せて頂くのだ、船頭方に邪魔にならぬように致さねばならぬ。時には炊方《かしぎかた》を手伝えと命じられただけだぞ」

「なんだ、栄五郎は水夫《かこ》の手伝いに船に乗せて貰うだけか」

と上野権八郎が言い、栄五郎が悄然《しょうぜん》と肩を落とした。

「栄五郎、それがしはそなたが一緒と聞いて心強いぞ」

「なんだか船中の扱いがだいぶ違いそうだ」

「旗本家の当主と部屋住みでは致し方あるまい」

都築《つづき》鍋太郎《かたろう》が慰めた。それでも、

「でもな」

と栄五郎は釈然としない顔だ。

「ともかく明日から宜しく頼む」

藤之助が頭を下げると渋々栄五郎が、

「そなたの世話なぞせんからな」

と答えていた。

二

旅仕度の座光寺藤之助が指定された鉄砲洲《てつぽうず》に行くとすでに十数人の若い旗本御家人の子弟たちが集まっていた。その中に酒井栄五郎の顔もあった。

旧暦正月十日の朝七つ（午前四時）はまだ薄暗い。

栄五郎らは剣道の防具や竹刀、木刀を持参していた。

「そなた、持ってこんのか」

藤之助に聞いた。

「なにも言われなかったでな、必要なれば長崎でなんとかしよう」

「そなた、平気か」

「命じられなかったものは持参できぬ」

「藤之助、違う、船のことだ」

栄五郎の視線が佃島《つくだじま》沖に停泊する幕府御用船江戸丸をとらえた。すでに明かりが点《とも》り、出帆の仕度を終えていた。

御船手頭向井将監《おふなてがしらむかいしょうげん》の支配下にある江戸丸には葵の紋所が艫櫓《ともやぐら》に翻《ひるがえ》っていた。

「外海を走る異国船に乗ったのは後にも先にも戸田の湊だけだ。もっとも湊の中を動いただけで、外海に乗り出してみねばどうなるか分からぬ」

「おれは自信がない」

と栄五郎が情けない顔をしたとき、船着場から声がかかった。

「江戸丸に乗船する南條亮吉《なんじょうりょうきち》、篠崎進《しのざきすすむ》、酒井栄五郎……」

と次々に名が呼ばれ、鉄砲洲に集まっていた十三人の若侍たちが二隻の伝馬に分乗させられた。だが、藤之助の名は呼ばれなかった。栄五郎らを乗せた伝馬は江戸丸に向って船着場を離れた。

最後に残った伝馬は一隻、だれかを待ち受けている様子があった。そこへ旅仕度の供三人を従えた駕籠《かご》が到着した。

藤之助がそちらを見ていると戸が引かれ、

「待たれたか」

と、なんと老中首座堀田正睦の年寄目付陣内嘉右衛門が姿を見せた。

「陣内様がわれらを引率なされますか」

「そういうことだ」

藤之助は戸田湊で嘉右衛門に出会ったことが座光寺家と藤之助の運命を大きく変えていることを改めて知らされた。

「長の船旅じゃ、宜しく頼もう。供の者は平井利三郎《ひらいりさぶろう》、亀田布嶽《かめだふがく》、出木漂堂《いずきひょうどう》だ。そなたとは深い付き合いとなろう」

と陣内は三人の供を藤之助に紹介した。

「宜しくお願い申します」

堀田家の家臣か、どことなく学者然としていた。

「こちらこそ」

と年長の平井が藤之助の挨拶に応じた。

「参ろうか」

五人を乗せた伝馬が沖合いの千石船に漕ぎ寄せられていく。

藤之助は沿岸に沿って航行する千石船と江戸丸のかたちがどことなく違っているように見受けられた。千石船は三十五反帆柱一本だが、江戸丸は形の変わった弥帆《やほ》、補助帆を主柱の前後に備えていた。

「ちとかたちが変わっておろう。並みの千石船より船の重心を船底近くに置き、三枚の帆との釣り合いを取っておるで安定性がよい。それと舵《かじ》に工夫があって効きが迅速じゃそうな。これも異国から学んだ知恵と和船のよきところを取り入れて作らせた混交船よ」

と嘉右衛門が説明した。

「戸田湊では、おろしゃの船頭たちから学んだ君沢型と呼ばれる帆船が造られておりましたな」

「おおっ、覚えていたか。あれは異国ではスクーナー型と呼ばれる帆船でも小さなものだ。あの折学んだ技術も多少江戸丸に取り入れてある。千石船は風待ちをしながら沿岸を航行していくが、江戸丸は多少の風さえあれば夜間も航行できる操船術を持った御船手同心を乗せておる」

伝馬が江戸丸に横付けされ、縄梯子《なわばしご》を使って嘉右衛門がするすると上がっていき、藤之助らが続いた。

舷側《ふなべり》を乗り越えると御船手同心が嘉右衛門を出迎えていた。

「座光寺どの、主船頭の滝口《たきぐち》治平《じへい》と顔合わせしておこうか」

「お世話になります」

藤之助の言葉に治平がこっくりと頭を下げた。幕府の御船手頭向井将監《むかいしょうげん》配下の御船手同心は腰に脇差《わきざし》を差し、長羽織を着込んでいた。

「陣内様、座光寺様、部屋にご案内申します」

嘉右衛門の一行四人は艫櫓下の船室、藤之助には嘉右衛門らの船室の真下の小さな船室が与えられた。

藤之助のそれは幅の狭い畳が二枚敷かれたほどの広さで、部屋の隅に夜具が折り畳まれてあった。

立ってみると六尺余の藤之助は頭を大きく下げねばならないほど天井は低い。船では致し方あるまいと考えた藤之助は手に提げていた藤源次助真《とうげんじすけざね》と背に負ってきた道中嚢《どうちゅうのう》を夜具のかたわらに置き、羽織を脱いで、脇差一つで船室を出た。

江戸丸は碇《いかり》を上げて最後の出帆作業に移っていた。

御船手同心滝口治平の号令一下、水夫らがきびきびと動く様は厳しい訓練を受けていることを示していた。

和船の千石船は荷を運ぶための船だ。揚げ蓋と呼ばれる板が荷を積んだ船倉の上に載せられているだけの構造で、波を被《かぶ》ると積荷が濡れた。

だが、江戸丸は荒れた海にも対応できるように異国の船と同じく防水性の高い固定式の甲板を備えていた。その甲板には高低差もなく千石船よりも広々としていた。

碇が上げられ、主帆が広げられると江戸丸はゆっくりと佃島沖から江戸湾を南下し始めた。その帆も横に縫われたもので三十五反の帆とは異なっていた。

藤之助は縮帆拡帆が楽そうな構造の操帆作業を興味深く見ていた。

舳先《へさき》に設けられた三角の弥帆も張られ、風に膨らんだ。すると船足が速まった。

(栄五郎らはどこにおるのか)

と藤之助が考えておると舳先下の戸口からぞろぞろと十三人の若者たちが姿を見せた。すでにげんなりとした顔も二、三あった。

「どうだ、船室は」

「どうもこうもあるものか、六畳ほどの板敷きにわれら十三人が詰め込まれておる」

「それでは寝もできまい」

「半数の人間は網の寝床のようなものを壁から壁に吊るして蚕のように包まって寝るそうだ。そなたはどうか」

「小さいながら一人部屋が与えられた」

「羨《うらや》ましいな」

「息抜きにこい」

「うーむ」

と二人が会話する中にも江戸丸の船足がさらに速まった。

朝の光が江戸湾を染めて、日輪が上がった。

江戸丸はさほど揺れることなく滑るように進んでいく。

「肥前まで陸行するより楽かもしれぬな」

と栄五郎が鉄砲洲で案じた言葉など忘れたように言った。

「その言葉は外海に出るまでとっておけ」

「荒れたときは湊に避難しよう」

「さてのう」

首を傾げた藤之助は答えていた。

「老中堀田様の年寄目付の陣内様が同乗しておられる。その方が申されるには江戸丸は昼夜を違わず航行できる力を持っているそうだ」

「風がなくともか」

「風がなくては進めまい」

甲板に陣内嘉右衛門と従者三人も姿を見せた。全員が甲板の一角に集められ、平井利三郎が、

「江戸湊を出た江戸丸は一路長崎を目指す。名にしおう相模灘《さがみなだ》、駿河灘《するがなだ》、遠州灘《えんしゅうなだ》、紀州灘《きしゅうなだ》を乗り切って瀬戸内の海に入れば、海もそう荒れまい、だが、それも一時《いっとき》だ。瀬戸内から壇《だん》の浦《うら》を抜けて玄界灘《げんかいなだ》に出ればまた荒れる海が待っておる。春の海は時として大荒れになる」

若い武士の間から悲鳴が上がった。

じろり

と睨《にら》んだ平井が、

「気分を害する者も出てこようが、われらは遊びで船に乗っているわけではない。どんなときにも規則正しき日常を続ける、それが船酔いを克服するただ一つの方法でもあるのだ。分かったか」

と念を押した。

「承知しました」

と答える顔の中にはすでに気分の悪そうな青い顔もいた。

「船での暮らしは甲板に波が上がらぬかぎり、朝と昼の二回、座学と剣術の稽古を繰り返す。座学は長崎での勉学の予習と思われよ。教授方はわれら三人が行う」

と平井利三郎は、二人の朋輩を紹介した。さらに、

「船ではどうしても体を動かすことが少なくなる、そのために体が鈍《なま》らぬように剣術の稽古を行う。師範は北辰一刀流《ほくしんいっとうりゅう》玄武館の門弟、交代寄合伊那衆の座光寺藤之助どのが指導なさる」

といきなり藤之助の名が呼ばれた。

すべてお膳立てが整っているのだ、と藤之助は一瞬のうちに覚悟を決めた。

「座光寺どの、こちらへ」

平井が傍らに手招き、挨拶するように命じた。

「座光寺藤之助です。平井様が申されたとおり船の暮らしは退屈な上に厳しいようです。それに打ち克つためにも規則正しき日常を守ることは大切かとそれがしも考えます。剣の稽古に没頭し、海上におることを忘れましょうぞ」

最後に陣内嘉右衛門が挨拶に立った。

「それがし、老中首座堀田正睦の年寄目付にござる。長崎まで同道する一行の中で年長ゆえ道中奉行如《ごと》き役を負わされておる、なんぞ相談事があれば艫櫓下の船室に参られよ。最後に一つ忠告しておく、そなた方は選ばれて幕府の御用船に乗ったのだ、遊びではない。そなたらの双肩に幕府の今後の命運がかかっておることを忘れるではない、肝に銘じられよ」

「はっ」

と全員が畏まった。

平井が船での三度三度の食事の仕方や刻限を十三人に告げ知らせた。

藤之助は嘉右衛門に呼ばれた。

「そなたと同輩の者ばかりで指導は大変かと思うが、そなたなら難なくやり遂げられよう」

「畏まりました」

「朝餉《あさげ》を済ませたらあの者たちを絞り上げよ」

「助教を選んでようございますか」

「そなたの好きに致せ」

御船手の炊方が甲板に飯と汁と漬物の朝餉を運んできて、藤之助も一緒になり、十余人が食事を摂《と》ることになった。だが、

「拙者は遠慮致す」

「それがしも気分が悪うございますで失礼仕《つかまつ》る」

と若い二人、御家人の次男塩谷十三郎《しおやじゆうざぶろう》と旗本小普請《こぶしん》の時岡《ときおか》家の三男吉春《よしはる》が朝餉を遠慮した。

「長い航海になる。今から飯を食せぬでは体が保たぬぞ」

と藤之助は味噌汁だけでも啜《すす》れと勧めたが二人は青い顔を横に振った。

丼飯を二杯食し、満足したのは藤之助だけだ。

「これより肚ごなしに稽古を致す。その前に食器を片付け、道場となる甲板の清掃を致す。各自、分れて動け」

と命じた。

栄五郎が率先して食器を運び、炊方から雑巾《ぞうきん》を借りてきて、主帆柱の下、わずか十数畳ほどの道場を清めようとした。

だが、作業に三人の若侍が加わらなかった。

「あやつら、旗本大身の次、三男坊だ。頭分は御小姓《おこしょう》御番頭一《ひとつ》柳播磨《やなぎはりま》様の次男で聖《せい》次郎《じろう》だ。神道無念流《しんとうむねんりゅう》浅生《あさお》道場の門弟でな、聖次郎はちと剣術の腕前にうぬぼれておる。その上、あやつ、そなたと違う扱いに嫉妬しておるのだ」

と栄五郎が藤之助に教えた。

「一騒ぎ起こすぞ」

「そのときはそのときだ。栄五郎、そなたに助教方を命ずる」

「なにっ、おれまで騒ぎに巻き込む気か」

清掃が終わった甲板道場に稽古着の十三人を集めた。

「日頃、そなた方が稽古を致す道場の床とは様子が違おう。海はわれらに合わせてくれぬ、となればわれらが合わせるまでだ」

と言った藤之助が、

「まず海を呑め、風を味方につけよ。手本を示す」

と江戸丸の舳先に上がった。

江戸湾の水面が眼下に流れ行く。

藤之助は江戸丸の行く手に目を凝《こ》らして両足を開き、藤源次助真を抜き放つと高々と頭上に掲げた。

「天竜の流れを呑み、重畳《ちょうじょう》たる白根《しらね》、赤石《あかいし》岳の山並みを圧する」

信濃一傳流《しなのいちでんりゅう》の構えだ。

栄五郎を除いて大きな構えを知る人間はいなかった。

泰然と構える六尺の身丈が見る人には何倍にも大きく見えた。

藤之助は突上げた助真の切っ先を水平になるまで静かに下ろすと再び天に向って戻していった。

助真が中天を指した。

「え、えいっ！」

気合が洩れて、藤之助の体が反動も付けずにその場で跳躍した。高々と虚空に舞い上がった藤之助の手の助真が空を、海を斬り割った。

おおっ！

という驚きの声が洩れた。

ぴたり
と着地した藤之助は、舳先から下りると甲板道場に戻った。

「わが流儀の基本の構えにござる。塩谷十三郎どの、時岡吉春どの、気分の悪さを吹き飛ばしてみませぬか」

と朝餉を抜いた二人に竹刀を振り被《かぶ》らせようとした。

「座光寺どの、いずこの流儀かな」

と一柳聖次郎が口を挟んだ。

「信濃一傳流と申し、伊那谷に伝わる剣法にござる」

「田舎剣法か、われら神道無念流には無用である」

「お手前、なんぞご不満か」

「そなた風情に教授方は願わぬ、われらはわれらで稽古を致す」

と聖次郎が仲間の能勢隈之助《のせくまのすけ》と藤掛漢次郎《ふじかけかんじろう》を連れて甲板道場から立ち去ろうとした。

「待たれよ」

藤之助の声が響き、

「陣内様も申されたとおりわれら遊びで江戸丸に乗り、長崎に向うのではない、御用である。その御用の一端を任された以上、だれと言えどもそれがしの命に従って頂く」

「嫌と申したらどうなさるな」

「そなた、腕に自信がおありのようじゃな」

「立ち会うというか」

「鼻っ柱を折るにはちょうどよい折かもしれぬ。仲間の二人と一緒にな、存分に参られよ」

「おのれ、抜かしたな」

聖次郎が能勢の木刀を掴《つか》むと藤之助の前に飛び出してきた。さらに能勢と藤掛が後詰《ごづめ》に回った。

藤之助は艫櫓から平井利三郎ら三人が姿を見せて立会いを見物する様子を目の端に

留めた。

「信濃一傳流独創の天竜暴れ水、ご披露申そう。存分に構えられよ」

藤之助がさらに注意を与え、栄五郎の竹刀を借りて振り翳《かざ》した。

一見《いっけん》、長身の胴に隙があるようにも見えた。

一柳聖次郎が正眼の木刀を脇構えに移した。

後詰の二人は八双と上段に取った。

「おうっ！」

聖次郎の口から気合が発せられ、藤之助に向って突進してきた。脇構えの木刀が藤之助の胴に向って放たれた。

藤之助は思わぬ方向に飛んでいた。

後詰の一人、上段に構えた藤掛の眼前に突如藤之助の長身が現れ、驚きを隠しえない藤掛の脳天を竹刀で叩《たた》くと、その次の瞬間には能勢に襲いかかっていた。

奔流する天竜川の水が岩場に激突し、その飛沫《しぶき》が四方八方に飛び散るように藤之助の創始した秘剣は相手に予測をさせなかった。

能勢も胴を叩かれて転がり、気を失った。

二回の跳躍は連続して一瞬の間に行われ、二人が気絶していた。

聖次郎は余りの早業に藤之助の動きを捉《とら》え切れなかった。気がついたときには正面に藤之助の姿が戻っていた。

「さてお手前どうなさるな」

藤之助は再び竹刀を頭上に高々と差し上げた。

再び脇構えに戻した聖次郎は竹刀が動きを止めた瞬間に、藤之助へと突進していた。だが、その視界から藤之助の姿が一瞬の裡《うち》に掻《か》き消え、

おっ

と立ち竦《すく》んだ次の瞬間、黒く大きな影が頭上から覆《おお》い被《かぶ》さるように舞い降りてきて脳天を、

ばしり

と叩いていた。

くねくねと体を動かした一柳聖次郎がその場に崩れ落ちた。

「たれぞ三人の顔に水を掛けるのを手伝うてくれぬか」

栄五郎が鮪《まぐろ》のように転がる聖次郎の足を引っ張って舷側に運び、縄をつけた桶を海に投げ込んだ。

三

江戸丸は相模灘を順風に乗って横断した。その頃までには十三人の伝習所入所候補生はなんとか座学にも剣道の稽古にも顔を出していた。最初から気分が優れなかった時岡吉春と塩谷十三郎も青い顔をしながら、必死に皆と行動をともにしようとしていた。

「藤之助、われらが居室はげろの臭いで充満しておる、まさかこれほどとは思わなかった。まるで伝馬町の牢屋敷に流行病《はやりやまい》が蔓延したようだ」

と栄五郎がげんなりした顔付きで言った。

昼前の剣術の稽古が終わった刻限でわずかな自由時間を藤之助と栄五郎は主帆柱の下で話し合っていた。

江戸丸は伊豆半島稲取《いなとり》岬と大島の間を石廊崎《いろうざき》に向けて航行していた。

「そなたはどうだ」

「なんとか飯だけは食べぬと長崎まで保つまいと強引に口に詰め込んでおる」

「その気概があれば耐えられよう」

「そなたはどうだ」

「川と海との違いはあろうが暴れ川の天竜で船を漕ぎ、川下りしてきたせいかなんともない」

「山猿と思うたが化け物であったか」

「栄五郎、ここは我慢のしどころだ。われらはすでに国難に見舞われておる、そのための人材育成をと幕府は必死で探しておられるのだ。ゆえに敢えてそなたや一柳聖次郎どののように大身旗本の子弟、御家人の次男三男を選抜し、狭い船室に共同で暮らさせておるのだ、この船旅はそなたらの本性と隠された力を試す企てだと、それがしは見た。国難が襲いきたときに役に立つ人物を探すために厳しい振い落としをなさっておられるのだと思う」

「藤之助、そなたはわれらの中から伝習所に入れぬ者もいるとみるのか」

「この船の暮らしが最初の試験と思え」

「なんと幕府は意地悪なことを考えられるものよ」

青い顔を藤之助に向けた。

「それほど徳川幕府を取り巻く環境は厳しいということだ」

栄五郎が、

ふうっ
と息を吐いた。

「そういえば聖次郎ら三人はどうしておる」

「あやつらか。船を下りたら、長崎に着いたらとそればかり考えておるようだな」

と今度は栄五郎が苦笑いした。

「それにしても肥前長崎は遠いな」

「栄五郎、海路全行程の十分の一も来ておるまい。船が荒れるのはこれからだ」

「脅かすな、藤之助」

「いや、脅かしておるのではない。異国の船は何十倍もの波濤《はとう》を越えてわれらが領十に姿を見せておる。彼らの肝っ玉と力に抗するにはこの程度で驚いていては太刀打ちできぬぞ」

「そうは言うが胸がむかむかして堪《たま》らぬ」

栄五郎が答えたとき、昼餉《ひるげ》の合図が船に響いた。

江戸丸は主に人員を運ぶように造られた船だ。海が荒れたとき、甲板ではなく食事が摂れる大部屋があった。炊方の竈《かまど》に接して、交代で水夫《かこ》たちが体を休める船室ともなった。

栄五郎たちの大部屋の真上にある食堂に姿を見せたのは十三人のうち七人だった。その中には一柳聖次郎らもいた。

この日の昼餉は煮込みうどんだった。

青葱《あおねぎ》を散らしただけのうどんを栄五郎も持て余していた。

「半分も食べておらぬではないか」

「そなたのように食べれるものか。箸をつけただけの残り物だが食べるか」

「頂戴しよう」

藤之助は栄五郎の丼のうどんも食して満足した。

「座光寺様、海に慣れておられますな」

炊方の頭、文吉《ぶんきち》が藤之助に言った。

江戸丸は御船手同心の滝口冶平以下水夫十一人、陣内嘉右衛門ら四人、藤之助を含めて十四人の海軍伝習所入所候補生が同乗していた。二十九人の食事を文吉と二人の炊方が手際よく用意していた。

「それがし、江戸に出るまで海を見たことがない人間だ」

「これは驚いた。交代寄合と申されましたな、国許はどちらでございますな」

「伊那谷だ。われら座光寺一族は天竜川が奔流する季節に川下りをさせられる。海はしらぬが暴れ川には慣れておる」

「どおりで腰が据わっておられまさあ」

と文吉が笑った。

昼から座学が行なわれる。この食堂が片付けられて学問所に変わるのだ。

平井利三郎が小脇に南蛮の書物を抱えて姿を見せた。

「座光寺様、陣内様がお呼びにございます」

江戸を出て以来顔を合わせなかった嘉右衛門が呼んでいるという。

「ただ今参ります」

藤之助は異国の諸々や船の航海術などを教授してくれる平井らの座学が楽しみであった。だが、嘉右衛門の用事では致し方ない。一旦《いったん》甲板に出ると舳先から大きくうねる大海原が弧を描いて見えた。

「座光寺様、駿河湾から遠州灘にかけて春の嵐が襲ってきそうですよ」

と艫櫓で操船する治平が声をかけてきた。

「それは楽しみな」

「大言なさるのも今のうちかと思いますがな」

治平が笑った。

「いかにもさようかもしれぬな」

藤之助は艫櫓下の扉を開けた。わずか半畳ほどの空間があって今一つ扉が見えた。防水性を高めるため二重扉になっているのだ。藤之助が木製の扉を叩くと嘉右衛門が、

「座光寺どの、お入りなされ」

と声がした。

初めて入る陣内の船室は四畳半ほどの広さで壁に造り付けの寝台があった。あとは書き物机と簡素なものだ。

「いかがかな、船旅は」

「ただ今のところ快適に過ごさせて貰っております」

「そなたなら船酔いなどすまいと思うたがやはりそうであったな。船には向き不向きがあってな、どう堪《こら》えても船酔いを起こす者がおる。いや、それが大半だがそなたはどうも違うらしい」

「治平どのが遠州灘の春嵐を楽しみにしておれと申されました。少々怖くなったところです」

「荒れると申したか。正直申すとそれがしも船旅にはなかなか慣れぬ。春嵐など御免《ごめん》

蒙《こうむ》りたいがそうもいくまい。じゃが風が吹けば吹くほど江戸丸の船足は速まる。蒸気船よりも船足が速いときもあるでな」

　と複雑な表情を見せた嘉右衛門が、

「長崎までの船旅に耐えられそうな雛は十三人のうち、何人かな」

「やはりこの船旅は試しにございますか」

「昨年十月に長崎で開校した海軍伝習所は抜群の体力、知力、適応力を持った者でないと入所が許されぬ。第一期生のうち、三分の一が落伍《らくご》して陸路江戸に戻されておる。この十三人はその補充の候補生じゃあ」

「なんとしても十三人全員を伝習所に入れとうございます」

「外海に出れば海に耐えられるかどうかも分かろう」

　と嘉右衛門が言った。

「陣内様、お尋ねしてようございますか」

「なんなりと」

「それがしは海軍伝習所の入所候補生の一人にございますか」

「この陣内嘉右衛門が戸田湊以来観察してきた人物だ。伝習生などと一緒くたになるものか」

「ならばそれがしの役目はなんでございますな」

「先のことは分からぬ。だが、そなたを剣術教授方の一人として推薦した」

「海軍伝習所の剣術教授方と申されても座光寺藤之助、異国のことはなにも知らぬ伊那の山猿にございます」

「いや、そなたは神奈川湊、戸田湊で異国の力がどれほどのものか身を以《も》って体験しておる。確かに知識はさほどあるまい。だが、そなたのように短い見聞を生かし、異国の力を見知った者はわれらの周りに少ないのだ」

「と申されてもなんの教えるべき知識も知恵もございませぬ」

「異国の諸々を教える教授方は別におる。伝習所の生徒たちにそなたは剣術を教えよ、伝習所の生徒たちが近い将来異国を目指したとき、意志強固、腹の据《す》わった人物であらねばならぬ。そのためにそなたが伊那で独創してきた剣を教えよ」

「剣は畢竟《ひっきょう》その人物の考えの表現にございます。若造のそれがしが教えるべき考えがございましょうか」

「嘉右衛門はそなたが生徒たちと一緒になって学ぶ姿勢を評価したのだ。剣技に関しては講武場の男谷精一郎《おだにせいいちろう》頭取、千葉道三郎《ちばどうざぶろう》どの、桃井春蔵《もものいしゅんぞう》どの、伊庭軍兵衛《いばぐんべえ》ら達人が口を揃《そろ》えて推薦しておられる。そなたは長崎の海軍伝習所の剣術方を勤めよ」

「はっ」

と藤之助は承《うけたまわ》るしかない。

「だが、嘉右衛門がそなたを長崎に派遣するはそればかりではないぞ。わが国が直面する異国の力に抗するためそなたのような人材が一人でも多くいるのだ。そなたはその先駆けになれ、そのために長崎で貪欲に知識を吸収なされ。いつの日か、そなたはそなたの足で異郷の地を踏むときがやってくる。それも遠い日ではあるまい」

藤之助は胸の中に身震いする感動が走るのを禁じえなかった。

「陣内様のご期待に添えるべく全力を尽します」

「頼もう」

その昼下がり、江戸丸は伊豆半島の石廊崎を回り、駿河湾に出た。

江戸丸は沿岸に沿って航行することなく、御前崎《おまえざき》へと最短距離で突っ走る。そのために江戸丸の船体が大きく捩れながら縦揺れと横揺れを繰り返し始めた。

夕餉、食堂に顔を見せたのは藤之助一人であった。

平井利三郎が姿を見せて、

「おや、雛どもはだれ一人顔を見せませぬか」

と笑った。

「この揺れを経験するのは初めてでしょうから」

「座光寺様も外海は初めてにございましょう」

「いかにも」

「平然としておられますな」

「内心はびくびくと怯《おび》えております」

火が使えなくなった炊方では外海に出る前に握り飯をたくさん用意していた。その塩だけで握られた飯と大根の古漬を食べる藤之助を平井が呆れたように見た。

「平井様は何度も長崎に参られましたか」

「それがしが最初に長崎に行かされたのは嘉永《かえい》三年（一八五〇）、今から五、六年前にございました。阿蘭陀の言葉を学ぶ通詞の勉強でしたが、その折、一年ほど滞在しましたよ」

「長崎とはどのような土地にございましょうな」

「鎖国策を保守する徳川幕府が唯一つ異国に向って窓を開いていた土地です、阿蘭陀船と唐船の到来はなにも物品だけをもたらすわけではございませぬ。異国がいかなる国か、異郷がいかに進んだ技術を持った国か、刻々と情報も入ってきます。それだけに長崎人は江戸の人間とも京、大坂の人とも考えが異なります。こればかりは一見は百聞にしかずです、楽しみにしておりなされ」

甲板から叫び声が上がった。

藤之助も平井も食堂を飛び出した。すると艫櫓から水夫たちが甲板に飛び下りてきて、

「海に人が落ちたぞ！」

と叫んだ。

「だれです」

「雛の一人と思える」

その言葉に藤之助は伝習所入所候補生の船室へと走った。

船底にある大部屋には薄暗い行灯《あんどん》が点《とも》され、床にも網床にも体を丸めて苦しむ若者たちがいた。部屋の隅で木桶を抱えているのは栄五郎のようだ。

「栄五郎、全員点呼をとれ」

栄五郎がのろのろと藤之助に顔を向けた。急に頬《ほお》が殺《そ》げ、やつれていた。

「藤之助か、無茶を言うな」

「海に人が落ちたのだ、早く致せ」

栄五郎も藤之助の言葉に壁を伝って立ち上がり、候補生たち十三人の顔を調べ始め

た。のろのろとした作業が終わり、

「一人足りぬな」

「だれか」

「藤掛漢次郎どののようだな」

聖次郎とともに藤之助に挑んできたうちの一人だ。

「おい、一柳聖次郎はどこにおる」

藤之助が叫ぶと部屋の隅の床から聖次郎がのろのろと半身を起こした。

「藤掛がどこにおるか承知か」

聖次郎は藤之助を視線の定まらぬ目で見ていたが、

「気分が悪いで甲板に出て吐くと言い残して部屋を出た」

「それ以来、姿を見ておらぬのだな」

「そうだ」

「だれか藤掛漢次郎の行方《ゆくえ》を承知の者はいるか」

だれからも声が上がらなかった。

藤之助は踵《きびす》を返すと甲板に走り戻った。

「同心どの、藤掛漢次郎の姿が見えませぬ！」

と艫櫓に向って叫んだ。

江戸丸は強風に抗してようやく舳先の回頭を終えようとしていた。

「承知した」

舷側からは縄を垂らし、強盗提灯《がんどうちょうちん》を荒れる海上に向けて照らして藤掛の姿を探していた。だが、藤掛が落ちた海上からすでに半里と離れ、その場に戻ったところで転落者の姿を求めるのは難しいと思えた。

だが、冶平たちは必死で江戸丸を宥《なだ》めて船の向きを変え、転落した海へと戻っていった。

「気分が悪いからといって、船縁《ふなべり》から吐こうなんて無謀もいいとこだぜ」

水夫の一人が言った。

強盗提灯の明かりが頼りなくも海上を照らし、藤之助らは必死で藤掛の姿を捜し求めた。鈍色《にびいろ》の空が夜の気配へと変わっていく。

「どうだ、見付かりそうか」

栄五郎が蹌踉《そうろう》としながらも姿を見せた。

「見よ、この海を」

江戸丸を一飲みにするように大きくうねりながら次々に荒波が襲ってきた。

「落ちたら最後、ひとたまりもないな」

藤之助は今少し十三人の行動に気を配るべきであったと後悔していた。

もはや海を照らすのは強盗提灯の明かり二つだけだ。その光が藤掛漢次郎を救うかもしれない明かりだった。

江戸丸は藤掛漢次郎が落ちたと推測される海上を何度も何度も回りながら、だんだん捜索範囲を広げた。

それは夜明けまで続けられたが、藤掛漢次郎の姿を探し出すには至らなかった。

朝の光が戻ってきた。相変わらず海は荒れていた。

甲板に陣内嘉右衛門が姿を見せ、

「滝口治平どの、江戸丸の針路を戻せ」

と捜索の中止を求める命を発した。

致し方なき命というのはその場にあるだれにも分かっていた。

江戸丸は再び舳先を御前崎へと向け直した。

「陣内様、不注意にございました。長崎に参りましたらいかような処分もお受け致します」

と平井利三郎が嘉右衛門に詫《わ》びた。

「貴重な命を失うてわれらは海の恐ろしさを改めて肝に銘ずることになった」

藤之助も御船手同心の治平も頭を下げた。

「二人目の犠牲を出してはならぬ」

とそれだけ言い残すと嘉右衛門が船室に消えた。

藤之助のかたわらに立つ平井が、

「これも試練にござる」

と血を吐くような言葉を告げた。

藤之助はただ頷くとずぶ濡れの衣服を着替えようと船室に戻ろうとした。すると主帆柱の下に栄五郎が身を震わせながら立っているのが見えた。

「そなた、まだいたのか」

「人ひとりの命が亡くなったのだ。それを最後まで見届ける義務があると思うたのだ」

藤之助は黙って友に首肯した。

「風邪を引いてもいけぬ。文乃《あやの》が着替えを持たせてくれた、着替えぬか」

と藤之助は自分の船室に友を誘った。

駿河湾から遠州灘と海は荒れ続け、剣術の稽古もままならない日々が続いた。平井らの座学は続いていたが出席するのは二人か三人だけで、その出席者もなにを平井らが講義しているか頭に入っている様子はなかった。

藤之助はすべて出席した。

一つの光明を藤之助にもたらしたのは栄五郎の立ち直りだ。

藤掛漢次郎が亡くなって以来、栄五郎は必死で日課をこなそうと自分に強いていた。食欲などあろうはずもないが無理に食べ、吐いた。それでも苦しさから逃げようとはせず船と海に慣れようと努力していた。

紀伊灘を大きく回り、鳴門海峡に江戸丸が進んで行くと海が鎮まった。いや、海峡を潮が走っていたが、これまで経験した荒海に比べれば穏やかな内海に感じられた。

江戸の佃島沖を出て十日目、江戸丸は摂津《せっつ》国尼崎湊《あまがさきみなと》の沖合いに碇《いかり》を投げ入れた。

四

陣内嘉右衛門が甲板に伝習所入所候補生たち全員を呼集した。むろん藤之助も平井ら教授方三人もその場に立ち会った。

「江戸から長崎までの海路、半ばに達した。この航海の中に伝習所入所候補生藤掛漢次郎を落水させるという取り返しの付かぬ不運に見舞われた。むろん引率の陣内の責めは大きい。この摂津より幕府へ報告と進退伺いを送る。だが、ご奉公を中断するわけにはいかぬ。江戸丸は尼崎湊に一泊した後、明朝には長崎に向け、出立《しゅったつ》致す。そこでその方らに問う」

と嘉右衛門は言葉を切り、候補生らを見回した。

「海軍伝習所は海に関するすべてを学ぶところだ。将来、異国の海に飛躍するために大型外洋船に乗り組み、大海原に乗り出すこともあろう。となればわれらが経験した春の嵐など井戸の中のざわめきじゃあ。江戸丸の帆柱を飲み込むほどの大波が次々に押し寄せる荒海が待っておる。そのような苦難の海に同じ船に乗り組んだ船頭、水夫はそれぞれ与えられた務めを着実に果たさねばならぬ。一人が倒れれば仲間にその分の負担がいく、分かるな」

十二人となった候補生が頷く。

「そこでそなたらに自ら将来への道を選ばせようと思う。船の務めに耐えられぬと思う者は摂津で下船し、江戸に戻ってよい。名乗り出られよ」

あっ

という驚きの声の後、ざわざわとした空気が十二人の間に流れた。だが、だれも名乗ろうとはしなかった。

「創設される海軍では嵐に倒れて任務を放棄するような弱者は要らぬ、到底、その戦列に加えられぬ。大海原を越えて異国へ雄飛しよう、われらが生まれし国を守ろうという気概を待った若者しか入学を許されぬ。長崎に連れていくのも惜しい、早々に申し出られよ」

おずおずと塩谷十三郎が手を上げた。

「なんだ」

「下船した者には江戸で処罰が待っておりましょうか」

「その心配はない。それがしが船に耐えられぬ体ゆえ長崎行きを断ったと報告するだけだ。その方らの父や屋敷にお咎《とが》めなど一切ない」

嘉右衛門の言葉に回りを見回していた塩谷が、

「それがし、船には合いませぬ。下船致します」

「よかろう」

と嘉右衛門が即座に承知した。すると続いて一柳聖次郎、能勢隈之助、時岡吉春ら三人が名乗り出た。

大きく首肯した嘉右衛門が、

「その方らはこれより陸路江戸に戻ることになる。下船の仕度をなして即刻甲板に参集せよ」

「はっ」

と一柳聖次郎らが船室に走り下りていった。

この四人より重い船酔いに苦しんでいた与謝野輝吉《よさのてるよし》は船に残ることを、長崎行を決断した。

残された甲板の候補生たちにどことなく虚脱の空気が流れた。

十三人で江戸を出た候補生らは摂津の湊で八人になろうとしていた。八人の中にも江戸に帰りたいと考える者もいた。そんな動揺の気持ちが藤之助には感じられた。

聖次郎ら四人が手に荷物を持って姿を見せた。

「直ちに江戸丸からの退船を命じる」

非情の命を発した嘉右衛門が船室に引き上げようとした。

「陣内様にお願いがございます」

「なにか、座光寺どの」

「下船する四人を湊まで見送りとうございます。候補生とそれがしの一時《いっとき》の下船をお許し願えませぬか」

　嘉右衛門が藤之助の顔を正視していたが、

「御船手方に伝馬を用意させる。下船の時間は一刻だ」

「有り難うございます」

　藤之助が頭を下げて嘉右衛門に感謝した。

　二隻の伝馬に十三人が分乗した。

　藤之助は一隻の舳先近くに座していた。

　その傍には塩谷十三郎と時岡吉春と下船する二人がいた。あと二人の退船者、一柳聖次郎と能勢隈之助は別の伝馬に乗船していた。

「座光寺様、不甲斐《ふがい》なきわれらをお許し下さい」

「なんの、自らの行く道は自らが決めることだ。他人がうんぬん言うことではござらぬ」

　と答えた藤之助は懐から二つに紙包みを二人以外に分からぬように差し出した。

「餞別《せんべつ》にござる」

　藤之助は塩谷と時岡が御家人の次男三男ということを承知していた。大身旗本の一柳聖次郎らは懐に潤沢な金子を持っていると推測つけられた。長崎の海軍伝習所入りに推挙された御家人の子弟二人に家族が十分な金子を持たせたとは思えなかった。摂津から陸路江戸戻りは自前となる。

藤之助はそのことを気にして所持金から二両ずつを包んで二人の手に握らせた。

「座光寺様」

塩谷が泣き崩れそうな顔をした。

「なにも言わんでよい。早く懐に仕舞え」

伝馬が摂津国尼崎湊の船着場に着いた。水夫の一人が、

「座光寺様、ただ今よりきっかり一刻後に迎えに参ります」

「お願い致す」

摂津国大坂は難波津《なにわづ》と呼ばれ、古き時代より大陸と大和飛鳥を結ぶ海路の要衝として栄えてきた地だ。

尼崎湊の近くには幕府の御米蔵《おこめぐら》やら各藩の蔵屋敷などが並び、湊に陸揚げされる荷を運ぶ船の人足たちを相手の飯屋煮売り酒場が並んでいた。

「一柳どの、能勢どの、塩谷どの、時岡どの、人足たちが集う店しか見当たらぬが、江戸から同じ船に乗り合わせたのもなにかの縁だ。別れの盃《さかずき》を酌み交わしたいと思うが付き合ってくれぬか」

と藤之助が誘いかけた。

聖次郎が驚いたような顔をしたが、塩谷が頭を下げ、それで話が決まった。

陸に上がって急に元気を取り戻した栄五郎は、十三人が一堂に座れそうな一膳飯屋に走り、交渉していたが、

「藤之助、この店なればよいそうだ」

と手を振った。

十三人が湊を望む店の板敷きに座り、伸び伸びと足を伸ばして、

「やはり陸はいいな」

と呻《うめ》いた。

「おれは五臓六腑を喉から吐きそうになったぞ」

「なんとか立とうと思うのだが足にも腰にも力が入らぬ上に胸がむかむかしてどうにも耐えられぬ」

などと言い合った。

「へえっ、おまっとうさん」

聞き慣れぬ上方訛《なま》りと一緒に熱燗《あつかん》が運ばれてきて、それぞれの盃に酒が注がれた。

藤之助は全員が盃を手にしたのを見て、

「別れの盃を酌み交わすまえに藤掛漢次郎どのの霊に盃を上げようか」

一同は藤掛の風貌を思い出しつつ酒を飲み干した。沈黙のまま新たに酒が注がれた。

「ちと皆に話がある。江戸を出てわれら十四人、藤掛どのを欠いて十三人になって仕舞うた。さらにこの地にて四人と今別盃《べつぱい》を酌み交わそうとしておる。

一柳どの、能勢どの、塩谷どの、時岡どの、そなたらが自ら選ばれた道をうんぬんする気は、この座光寺藤之助にはない。ただ、この摂津の地で江戸に引き返せば、そなたらの前に広がっておるはずの新天地への道を自ら断ち切るのではないかと残念に思うばかりだ。確かに船旅は苦難に満ちておる。だが、人間の体はどんな場所にも環境にも順応するように創られておると聞く。今が一番苦しいとき、それを承知ゆえ、陣内様方も春の嵐の海に江戸丸を乗り出されたとは思わぬか。ここで音を上げるならば伝習所でも役に立つまいとの思惑があってのことだ。

われら幕臣、一旦危難が生じたときのために禄を食《は》んできたのだ、意地を見せるときだ。今、周りを見回すに列強諸外国の砲艦が砲口を向けて開国を迫っておる、これを国難と言わずしてなんと言うのであろうか。

諸外国はわが徳川幕府が鎖国の夢を結んでおる間に大きく進んだ軍事力、造船力、科学力を得ておる。それがし、神奈川と戸田湊でその片鱗《へんりん》を垣間見た。彼らに追いつき、追い越さねば幕府どころか諸大名家もこの国も滅ぼされる。われらが家族もまた外国列強の捕囚となろう。その悲哀を防ぐために幕府では長崎に海軍伝習所を、江戸に砲術調練場を、講武場を遅まきながら設けられた。

そなた方は長崎の海軍伝習所の候補に選ばれた旗本御家人の優秀なる子弟にござる。一時の苦しみにこの道を自ら断てば、悔いが残ると思われぬか。十四人で出た江戸だ、藤掛どのは欠けたが、われら十三人長崎に参り、新しき世界の知識を学ぼうとは思われぬか」

堰《せき》を切ったような藤之助の言葉の後、穏やかな口調に戻し、

「余計なこととは知りつつもつい喋り過ぎた、許してくれ」

と頭を下げた。

十二人の半分が藤之助より年上だった。

重苦しい沈黙が長く続いた。

四人には船を離れる開放感と同時に後悔の念が渦巻いていたのだ。

「座光寺どの、陣内様は一旦下船を申し出たわれら四人を許してくれようか」

一柳聖次郎がそのことを気にした。

「十三人で誠心誠意お願いするのみです」

「座光寺どの、それがし、到底船に慣れるとは思えぬ。とはいえおめおめと江戸に戻り、どの顔をして家族に相見《まみ》えようか」

最初から船酔いに苦しんでいた時岡吉春が言った。

「時岡どの、海軍とは船に乗るばかりが任務ではございますまい。多くの知識や技術が船を動かす、陸地においてその補助をする仕事もあるやもしれぬ。生涯船に揺られ続ける暮らしだけとはいえますまい」

「そうかのう」

「但《ただ》し、陸地に御用を務める者も船の苦労を知っておかねばなるまい。そのために幕府ではわざわざわれらを江戸丸に乗せられたのでござろう」

再び長い沈黙があった。

「座光寺どのの申されるとおりだ。一緒に長崎に行かぬか」

候補生の中でも船酔いが一番重かった旗本小普請組の嫡男与謝野輝吉が言い出した。

ふうっ
と大きな息を吐いて、

「陣内様がお許しくださるなれば船に戻ろう」

と聖次郎が残りの三人に言いかけ、時岡らが頷いた。

早々に酒を切り上げた十三人は再び船着場に戻った。

江戸丸は船着場から一丁ほどの沖合いに停泊していたが、手を振る藤之助らの姿を認めると急いで伝馬を迎えに寄越した。

船頭を務める御船手水夫らは下船したはずの四人が加わっていることになにも言わなかった。

江戸丸に伝馬が横付けされ、十三人は縄梯子で舷側を攀《よ》じ登った。

甲板には陣内嘉右衛門、教授方らが待ち受けていた。全員が戻ってきたことに嘉右衛門はなにも問わない。

藤之助は嘉右衛門の前に正座した。すると残りの十二人も真似《まね》た。

「陣内様にお願いの儀がございます」

「申されよ」

「われら一同、藤掛漢次郎の無念を思い、その意志を継いで長崎に参り、海軍伝習所にて厳しい日々を過ごしとうございます。それもこれもわが国再建の礎《いしずえ》になるため、われら十三人の命を陣内様方にお預けしとうございます」

藤之助は平伏して甲板に額を擦《こす》り付けた。

十二人が真似た。

嘉右衛門から直ぐに返答は戻ってこなかった。

藤之助らは返事を待った。

「一度は音を上げた四人を再び仲間に加えたいと座光寺どのは申されるか」

「いかにも」

「理由を述べられよ」

藤之助は顔を上げ、嘉右衛門を正視した。

「人はそれぞれ気性が違い、得手不得手あるは当然のことにございます。わずか十日余りの船旅に耐えられず船を下りれば、その者が持つ隠された才能がこのまま埋没するやもしれませぬ。それは幕府にとっても当人にとっても大きな損失と考えます。十四人が十三人となりましたが、藤掛どのが命を賭してわれらに残された命題はわれらが担います。長崎にて力を合わせ、十三人の力を何倍にもする所存にございます。陣内様、今、ここで四人を新たに失うてはなりませぬ。ただ今の国難、直参旗本御家人総出で立ち向かうときかとそれがし考えます。座光寺藤之助、偏《ひとえ》にお願い申し上げまする」

再び沈黙があった。

「一同、頭を上げられよ」

十二人が床に擦り付けていた額を上げた。

「一柳聖次郎、能勢限之助、塩谷十三郎、時岡吉春、そなたらに今一度の機会を与える」

「はっ」

と四人が畏まった。

立ち上がった藤之助が嘉右衛門に目礼すると、

「栄五郎、そなたらに命ずる。まず居室の清掃をなせ、その後、剣術稽古の仕度をして甲板に集合せよ」

「畏まりました」

栄五郎らが駆け足で船底の大部屋へと姿を消した。

「座光寺どの、そなたを同道してよかった」

と嘉右衛門が言い残して船室に去っていった。

甲板に一人残された藤之助は、床に座禅を組んだ。手に提げていた藤源次助真を再び傍らに置いた。

瞑想し、息を静かに吸い、吐いた。

時がゆるゆると流れ、藤之助はその流れに身を任せた。

藤之助が目を見開いたとき、栄五郎たちも座禅をしていた。

「よし、一汗搔《か》こうか」

藤之助は竹刀を手に十二人と向き合った。

「そなた方は荒れた海で体を動かしておるまい、鬱々《うつうつ》としたものを摂津の湊で吐き出されよ。よいか、そなたらと藤之助の打ち込み稽古だ。手加減せんでよい、掛かって参られよ」

「藤之助、そなた一人にわれら十二人が一時にかかってよいのか」

「構わぬ、栄五郎」

「言うたな。剣術教授方とは申せ、われらは十二人だぞ、負けてはならぬ」

と一対十二人の戦いが始まろうとした。

高櫓から平井利三郎や御船手同心の滝口治平が、

「これは見物かな」

と見下ろす姿勢をした。

いつものように藤之助の両手の竹刀が天を衝いて高々と掲げられた。帆を巻いた空

に帆柱と竹刀が競う合うように、
すっく
と直立した。

十二人が思い思いに竹刀を構え、正面に栄五郎と聖次郎が並び立っていた。

「参られよ」

再び誘いをかけた。

聖次郎が正眼の構えのままに間合いを詰めた。

その瞬間、藤之助の体が聖次郎の視界から消えた。いや、右手前方に跳躍したのだ。

藤之助が飛んだ場所には塩谷十三郎らがいたが、藤之助が迫ったのを見て竹刀を思い思いに振り翳《かざ》した。

次の瞬間、塩谷らの脳天に打撃が走り、次々に甲板の床に倒れた。だが、そのときには藤之助が体の向きを変えつつ、十二人の背後に回り、二撃目の攻撃を仕掛けていた。

「あれっ！」

「消えた、姿が消えた！」

と立ち騒ぐ中、次々に腰を打たれ、肩を叩かれ、転がった。
十人が鮪《まぐろ》のように甲板に倒れるのに数瞬しかかからなかった。残るは聖次郎と栄五郎だけだ。
二人は左右から藤之助に迫り、間合いを詰めて動きを封じようとした。
藤之助は正眼にとった竹刀を二人のほぼ真ん中に立てると、
すいっ
と間合いの中へと踏み込んだ。
聖次郎は藤之助の竹刀を弾き、小手を狙った。
迅速な動きを知る栄五郎は聖次郎が狙った直後に勝負を賭けた。
藤之助の竹刀が聖次郎の伸びてくる竹刀など斟酌《しんしゃく》することなく僅《わず》かな隙を搔い潜って、
ぽーん！
と肩を叩くとしなやかの打撃が思いのほか膝に強く走り、
がくり
とその場に膝を突いた。
その瞬間、栄五郎が藤之助の胴に狙いをつけて襲いきた。

藤之助の竹刀が躍り、栄五郎の肩口を襲った。

抜き胴と肩、ほぼ同時と思えたが一瞬早く藤之助の肩が決まり、
ずでんどう
と栄五郎が甲板に転がった。

はっはっはは
と高笑いが響いた。

「十二人でも敵《かな》わぬか」

陣内嘉右衛門が船室の扉の前に立ち、笑っていた。

「くそっ！」

と飛び起きる栄五郎に藤之助が、

「転がされてばかりでは気分も発散できまい。十二人を東西六人に分ける。大将には東方酒井栄五郎、西方一柳聖次郎を指名する。これより東西勝抜戦を行う」

と藤之助が言い、二組に人員を分けさせた。

「東西、存分に作戦を練られよ。これより東西戦を毎日行う。長崎到着までの勝敗で勝ち組を決する。勝った組には陣内様に褒美《ほうび》を出して頂こうか」

「承知した」

と嘉右衛門が言い、二組が大将の下に集まり、相談を始めた。

「どうやら一難は去ったようですな」

嘉右衛門が藤之助に静かに話しかけた。

第四章　カステイラの味

一

暁闇《あかつきやみ》の海が藤之助《とうのすけ》の前にあった。

江戸丸の舳先《へさき》に立った藤之助は、南蛮仕込みの航海術で夜を徹して航海してきた船が方向を転じるのを感じていた。老練な舵方がかすかに濃淡を見分けられる陸影を確かめてのことだ。

摂津《せっつ》を出た江戸丸は淡路島《あわじしま》沖から穏やかな瀬戸内の海を走り、上《かみ》ノ関《せき》沖から周防灘《すおうなだ》に入り、名にしおう馬関《ばかん》の海峡を抜けて、玄界灘《げんかいなだ》に入った。

瀬戸内の海の日々、藤之助は十二人の海軍伝習所入所候補生たちを朝から晩まで鍛えに鍛え、剣術の稽古《けいこ》から船の清掃、時には御船手《おふなて》の操船を手伝わせた。

一日の日課が終わるとくたくたに疲れきって、夕餉《ゆうげ》の際に箸《はし》を持ったまま居眠りする者もいた。

だが、教授方の藤之助が率先して動くため、手を抜くことはできなかった。

なにより海軍伝習所になんとしても入るという使命感が十二人を自発的に行動させていた。駿河《するが》湾《わん》で仲間を一人失ったことが残りの十二人を結束させていた。

江戸丸は再び荒れる海、玄界灘に入ったが揺れる船上で猛稽古も座学も御船手の手伝いも続けられた。また一人が船酔いをすれば残りの者たちが励まし、声をかけて落《らく》伍《ご》せぬように気遣《きづか》った。

そのせいで十二人の船内の動きがきびきびと変わり、眼光はしっかりとして江戸を出たときと明らかに顔付きが違っていた。

藤之助は背に人の気配を感じた。

陣内《じんない》嘉右衛門《かえもん》が舳先に姿を見せた。

「ようよう長崎に辿《たど》りつくことが出来ました」

「それもこれも座光寺《ざこうじ》藤之助どのの力じゃあ」

「いえ、候補生らが自ら変わったせいにございます」

「そう聞いておこうか」

と笑った嘉右衛門が、

「戸田湊《へだみなと》でそなたに出会ったは、それがしの大きな収穫にござった。長崎には幕臣の中でも異才が雲集し、必死で異国の学問を勉学しておる。座光寺どのと変らぬ若さで教授補佐方についておるものもおる。榎本釜次郎《えのもとかまじろう》と申す者でな、年は二十歳じゃあ。長崎で彼らと交わり、大きく成長なされ。そなたもまた新しき時代を引っ張るお一人ゆえな」

「陣内様、今の藤之助には過ぎたお言葉にございます」

甲板に人の気配がした。振り向くまでもなく候補生十二人が朝稽古に姿を見せたのだ。

「今日は最後の東西戦を行います。ただ今のところ両軍七勝七敗三分け、五分にございますれば本日の勝抜戦で決着がつきまする」

「褒美《ほうび》はすでに用意してある」

と嘉右衛門が笑った。

東西戦を十七回も重ねたのは一日朝夕と二度の試合をしたせいもあった。

舳先を下りた藤之助はすでに整列して待つ十二人の前に出た。

「お早うござる」

藤之助の声に十二人が声を和して答え、稽古が始まった。

夜間航行で神経を張り詰めていた艫櫓《ともやぐら》には幾分和やかな空気が漂っていた。すでに夜が白み、陸影がはっきりと視認できるほど明けたせいだ。

教授方の平井利三郎《ひらいりさぶろう》が艫櫓に上がってきて、御船手同心の滝口治平《たきぐちじへい》と朝の挨拶を交わした。

「伊王島《いおうじま》を見るとほっとしますな」

「長崎の湊に入るぞと一番感じられるときです」

江戸丸が大きく回頭をしようとしている海は対馬《つしま》への道、さらには朝鮮、大陸へと結ぶ海路でもあった。

二人の眼前で朝稽古が始まった。

「平井様、座光寺様は若いがなかなかの人物ですな」

「陣内様が偶然豆州《ずしゅう》戸田湊で会われたそうですが、破天荒なお人には間違いない。大勢の人をあの若さで惹き付ける力をお持ちだ」

「幕臣には隠れた異才がまだまだおられるということです」

「座光寺どののような人材が百人、いや、数十人おると日本も変わるやもしれませぬ」

「そうしなければ滅びます」

平井も滝口も異国の力を、身を以《も》って知る人間であった。それだけに交わされる言葉に切実なものがある。

「だが、江戸では未だ泰平の夢を貪《むさぼ》る幕臣方が大勢おられる」

平井が嘆いて、滝口が頷《うなず》いた。

「取り舵!」

艫櫓で転進の声が響いて、神崎《こうざき》ノ鼻《はな》を左に見つつ江戸丸は方向を長崎湾口へと大きく変えた。

甲板道場では最後の東西戦が開始されようとしていた。

二人の大将、一柳聖次郎《ひとつやなぎせいじろう》と酒井栄五郎《さかいえいごろう》の下へ五人が集まり、最後の作戦会議を行った。

先鋒には東方塩谷十三郎《しおやじゅうざぶろう》はいつもどおりだが、西方は中堅を務めてきた能勢隈之助《のせくまのすけ》を一人目に持ってきた。能勢で弾みをつけ、大将戦に余力を残そうという西方の作戦だ。

「本日が江戸丸甲板道場での最後の東西戦となる。両軍ともに力の限りを尽くされよ」

と藤之助が声をかけ、

「一本先制した方が勝ちと致す。相打ちはそれがしの審判に従って頂く」

といつもどおりの規則を説明した。

御家人の次男ながら学問に秀でた人物、という理由で塩谷十三郎は伝習所入所候補生に選ばれていた。それが摂津《せっつ》を出て以来、必死で剣術稽古に打ち込み、腕を上げていた。とはいえ、能勢とでは格段の力の差があった。

二人が竹刀を正眼に構え合った。

「おうっ！」

と気合いを発した塩谷が能勢の出鼻をくじくように先制攻撃を仕掛け、飛び回り、一瞬たりとも動きを止めようとはしなかった。

能勢はいつもと勝手が違い、慌《あわ》てた。それが勝負を長引かせ、能勢がようやく落ち着きを取り戻して胴を決めたときには、息が上がっていた。

これこそ塩谷の狙いだ。

わざわざ中堅から先鋒に順番を変えた能勢を疲れさせ、二番手に委ねる塩谷の覚悟が効を奏して、能勢は二番手の島村《しまむら》呉輔《ごすけ》にあっさりと討ち取られた。

これで五分に戻った。

その後、勝ったり負けたりの互角の勝負が続いたが、一柳聖次郎は東方の副将谷脇《たにわき》豊次郎《とよじろう》と戦うために酒井栄五郎より先に引っ張り出された。だが、さすがに大将、谷脇の執拗《しつよう》な小手打ちを掻《か》い潜って面を鮮やかに決めた。

これで大将同士の戦いになった。

「大将戦は二本先制したほうが勝ちと致す」

藤之助の審判に両者が頷き合い、竹刀を構え合った。

江戸丸乗り組みの御船手方から陣内らまで全員が見物していた。

聖次郎は突きの構えをとった。

栄五郎はそれに対して自在に対応できる正眼をとった。

船の揺れに合わせ、突きを繰り出すところ、その動きを見極めて竹刀を、

びしり

と弾いた栄五郎の竹刀が流れのままに躍って胴を抜いた。

「胴一本、東方！」

西方がしゅんと沈んだ。

聖次郎は後がなくなった。

これまで二人の戦いはほぼ互角であった。

先制された聖次郎は下段の構えに変え、栄五郎が出てくるところを巻き込むような、

「小手斬り」

で一本返した。西方が、

わあっ！

と沸き、勢いを取り戻した。

最後の勝負は激しい打ち合いになった。

江戸丸の船上もどちらが勝つか予測がつかなかった。

一連の厳しい打ち合いの後、引き際に聖次郎が小手に落とし、栄五郎が面を弾いた。

「相打ちにござる！」

藤之助の言葉に潔く二人が引いた。

東方西方から溜息《ためいき》と得心の声が洩《も》れた。

「摂津を出帆して以来、回を重ねた東西戦七勝七敗四分けと実力伯仲五分の勝負になり申した。勝ち負けは大事ではござらぬ、両軍ともに腕を上げられたことがなによりの貴重なことである。そなたらは海を制せられた」

藤之助の講評に十二人が頷いた。

嘉右衛門が姿を見せ、聖次郎と栄五郎を呼んだ。

「両軍ともによう頑張られた。座光寺どのから勝者にはなんぞ褒美をと提案があったが船上のこと、しかるべき品を用意できなかった。ゆえに双方に三両ずつの金子を包んだ。長崎でな、酒食に使う足しになされよ」

と二人の大将双方に渡された。

わあっ！

と一際《ひときわ》大きな歓声が沸いたとき、艫櫓の見張りが叫んだ。

「湊境に異国の船が仮泊しておるぞ！」

その叫びに全員が左舷へと動いた。

長崎には阿蘭陀《オランダ》船と唐人船の入港しか幕府は許していなかった。それも入港の船数を制限してのことだ。だが、この数年、列強各国は日本への関心を強め、長崎を始めとして江戸など主要都市近郊の開港を迫っていた。

だが、幕府では外交の基本策が定まらぬままにその都度言葉を弄して外国船を去らせていた。だが、ついに亜米利加《アメリカ》の黒船来航に日米和親条約を結ばされ、英吉利《イギリス》、露西亜《ロシア》、阿蘭陀と次々に続くことになった。

今や開港は時間の問題だった。

列強各国は主要な港近くに船を仮泊させて、開港を迫る示威運動をしたり、公然と密輸に従事したりしていた。

藤之助が目にしたのは亜米利加船籍の大型蒸気船で、江戸丸の十倍はありそうな黒船だった。船尾には星条旗が翻《ひるがえ》り、舷側から威圧的な砲門が覗《のぞ》いていた。

「藤之助、大きいな」

栄五郎が呆然として呟《つぶや》いた。

「大砲をこちらに向けておるぞ」

黒船の中央部には煙突があって薄く煙を吐いていた。

「これと戦《いくさ》をするようになれば和船など一溜《ひとた》まりもなかろう」

「幕府も急ぎあのような船を作る技術を学び、操船術を覚え、砲術を習得せねばならぬ」

「間に合うか」

藤之助にも答えられない。

黒船がかたわらを通過する江戸丸を威嚇《いかく》するように左舷の大砲一門を発射させた。

どどーん！

砲声は殷々《いんいん》と木霊《こだま》して、藤之助らの心胆を寒からしめた。

「砲弾はどこへ飛んだ」

「栄五郎、空砲じゃあ。われらを歓迎してのことか威嚇したか」

黒船のあちこちから言葉が投げられ、中には男同士で体を寄せ合って踊っている水夫たちもいた。乗り組む水夫は百人を超えていそうだった。

「あれが黒船か」

一柳聖次郎もたった一隻の異国船に衝撃を受けていた。

藤之助らの萎えた気持ちをさらに逆なでするように黒船の甲板から陽気な響きの音楽が流れてきた。

陽光に煌《きらめ》く楽器は藤之助たちが見たこともないものだ。

「栄五郎、聖次郎、東西番外戦じゃぞ！」

藤之助は再び十二人の候補生たちを集めると総出の打ち込み稽古を始めさせた。

「よし、異国に負けてたまるか！」

「さあ、来い！」

「行くぞ！」

と竹刀と竹刀をぶつけ、稽古の音を響かせて音楽に抗しようとした。それが虚仮威《こけおど》しの行動とだれもが承知していた。

彼我の差があることを見せ付けられ、なにかしていなければ耐えられなかったのだ。

藤之助は十二人の伝習所入所候補生たちが体をぶつけ合い、竹刀を振るう様を見ながら改めて、

（われらを取り巻く状況は厳しい）

ことを身を以《も》って思い知らされていた。


半刻後、江戸丸の行く手に長崎が見えた。

漏斗《ろうと》のように窄《すぼ》まった湾内を山並みが囲み、漏斗の先に当たる部分に湊があった。左手に稲佐《いなさ》が、右手には長崎の町が望めた。

「おおっ、これが長崎か」

栄五郎ら十二人の候補生たちも江戸丸の舷側から乗り出して異国の風景でも見るように長崎の町を見詰めていた。

湾内には唐人船が停泊し、阿蘭陀人たちが常駐する出島も望めるようになった。

「座光寺どの」

藤之助はその声に振り向くと一柳聖次郎ら摂津で一度は江戸丸を下りることを決断し、江戸に戻ろうとした四人が立っていた。

「どうなされた」

「それがし、そなたに詫びねばならぬ。ようも摂津でわれらを説得致し、長崎まで連れて来て頂いた、感謝の言葉もない。このとおりにござる」

一柳聖次郎が頭を下げ、三人も従った。

「われら、同じ船に乗り合わせた者にござれば互いに足りぬところを助け合う、当然のことです」

「ほんとうによかった」

としみじみと洩らしたのは塩谷十三郎だ。

「江戸に戻っておれば今頃惨《みじ》めな気持ちになっていたでしょう。長崎で勉強する意欲が湧いてきました。それもこれも座光寺どののお蔭にございます」

「真の戦いはこれからです、そなたらは大いに勉強して伝習所の門を潜らねばならぬのだ。それがしもそなたらに負けぬよう頑張ります、互いに切磋琢磨《せっさたくま》致しましょうぞ」

「お願い申す」

と四人が頷いた。

嘉右衛門が十二人を最後に呼び寄せ、

「そなたら全員、海軍伝習所入所の最初の関門は通った。江戸丸の船旅を凌《しの》ぎ切ったのだからな。だが、真の入所試験はこれから始まる」

と江戸からの船旅に耐えることが、まず第一の試験であったことを告げた。

わあっ！

喜びの声が弾けた。

江戸丸は長崎奉行所西役所が見える船着場沖へと船体を寄せて碇《いかり》を投げ下した。すると長崎の町から独特の匂いが押し寄せてきた。異国からもたらされた酒、食料、香辛料などが発する匂いだ。

「座光寺どの、これが長崎でな、陸路来た者は日見峠《ひみとうげ》を下ったところでこの匂いに襲われ、気分を害する者もいる」

平井利三郎が笑いかけた。

早速《さっそく》上陸の仕度《したく》が始まった。

まず御船手同心の滝口治平と陣内嘉右衛門が伝馬で上陸した。さらに四半刻後に伝馬や艀《はしけ》が江戸丸に横付けされ、平井利三郎ら教授方と海軍伝習所に入所候補生十二人が乗り込んだ。東西戦の組分けのままに六人ずつを酒井栄五郎と一柳聖次郎が統率していた。

船着場には陣内と並んで幕臣勝麟太郎《かつりんたろう》、矢田堀景蔵《やたぼりけいぞう》、榎本釜次郎《えのもとかまじろう》らが待ち受けていた。

麟太郎は文政《ぶんせい》六年（一八二三）一月三十日、江戸本所亀沢町《ほんじょかめざわちょう》の男谷《おだに》家において、旗本勝左衛門小吉《さえもんこきち》の長男として誕生している。初め義邦《よしくに》、後に麟太郎、さらには海舟と号した。

男谷精一郎信友《せいいちろうのぶとも》とは又従兄弟《またいとこ》の関係で、その縁で男谷の道場に入門し、直心影流《じきしんかげりゅう》を習い、柔術を島田虎之助《しまだとらのすけ》の下で修行していた。

「剣術の奥義を極めるには禅を学ばれよ」

と島田に勧められて、二十歳前から四年参禅して修行を積んだ。

島田は成人した海舟に、西洋兵学を志すように忠告もしていた。そこで筑前《ちくぜん》藩永井《ながい》青崖《せいがい》に入門し蘭書を学んだ。

嘉永《かえい》三年（一八五〇）には赤坂田町に私塾を開き、

「蘭学と兵学」

を講義した。

その功が認められ、安政二年（一八五五）には異国応接掛手付《おうせつがかり》蘭書翻訳御用に任命され、長崎に海軍伝習所が設けられると、

「海軍伝習重立取扱」

に命じられていた。

西洋式の蒸気砲艦の艦長候補として長崎に派遣されていた勝は、海軍伝習所の最高幹部であると同時に第一期の伝習生でもあったのだ。

藤之助が出会ったとき、麟太郎は三十三歳、聡明利発を端正な顔に漂わせた男盛りであった。

伝馬が次々に船着場に横付けされると十二人の伝習所入所候補生たちは迅速に伝馬を下りて、整列すると勝麟太郎の前へと整然と進んだ。

「われら幕臣一柳聖次郎以下十三名、海軍長崎伝習所に入所すべく江戸を出立《しゅったつ》致しました。航海中、嵐の駿河灘で藤掛漢次郎《ふじかけかんじろう》が落水し、欠員となりました。残りの十二人長崎湊に上陸したことを勝麟太郎どのに申告致します」

と聖次郎が大声を張り上げた。

「ご苦労であった。本日ただ今よりそなたら十二人を伝習所入所候補生として待遇を差し許す」

「有り難うございます」

十二人が声を揃《そろ》えて応じた。

同じく伝習生入所候補生の榎本釜次郎が十二人を伝習所へと引率して向かった。

船着場に教授方の平井らと藤之助が残された。

「座光寺どの、長崎によう参られたな」

勝麟太郎が声をかけた。

「世話になります」

「そなたの武名はすでに長崎に伝わっておる。ただ今、又従兄弟の男谷からも手紙を貰い、そなたのことが縷々《るる》記してあった。海軍といえども剣術は必須の科目にござる。肚が据わった人物を創るには剣と禅、これが勝麟太郎の持論でな、そなたの力が要る」

と答えた麟太郎が、

「座光寺どの、今晩、そなたらの歓迎の宴を唐人町《とうじんちょう》で催す、楽しみになされ」

と笑いかけた。

二

座光寺藤之助は、長崎奉行所内に設けられたばかりの海軍伝習所の建物に入った。建てられたばかりでまだ真新しい。だが、それは同時に激動する時代に強制されるように慌《あわただ》しく創設された海軍伝習所の厳しい状況をも表していた。

長崎海軍伝習所は安政二年（一八五五）八月に着任したばかりの百九代長崎奉行川村対馬守修就《かわむらつしまのかみながたか》が阿蘭陀商館長ドンケル・クルチウスに海軍伝習を委託することを内々に打診したことに始まった。

即座にクルチウスは川村の願いに反応し、伝習生を選抜するように提案して、伝習所創設が動き出した。

伝習所総取締として幕臣永井玄蕃頭尚志《ながいげんばのかみなおゆき》がこの年の七月に任命され、八月には、蒸気船での伝習が始まった。さらに阿蘭陀国王より幕府へ蒸気艦スンビン号（観光丸）の寄贈が決まった。

九月、献納された蒸気艦で運用練習、砲術訓練も併せて始まった。

長崎海軍伝習所が正式に発足したのは十月二十四日のことだ。

総取締永井が初代海軍伝習所総監に任じられることが江戸で決まり、師走には長崎に任官書が届いた。

この年末、阿蘭陀はようやく日本と和親条約を締結した。それは出島外交を通じて日本と阿蘭陀は長い交流があったにもかかわらず、亜米利加、英吉利、露西亜の後塵を拝してのことだった。

海軍伝習所の一期生は、幕臣の子弟三十七人、薩摩《さつま》藩十六名、肥後《ひご》藩五名、筑前藩二十八名、長州《ちょうしゅう》藩十五名、肥前《ひぜん》藩四十七名、津《つ》藩十二名、備後《びんご》藩四名、掛川《かけがわ》藩一名の、総勢百六十五名が長崎に急ぎ参集して、講義と実習が始まっていた。

酒井栄五郎、一柳聖次郎ら十三人の幕臣の子弟が補充されたのは偏《ひとえ》に慌しく創設された混乱を受けてのことだ。

幕臣の子弟を一人でも多くとの幕閣の意見に応じて十三人が江戸丸に乗ったのだ。

海軍伝習所総監の永井尚志の下、教授陣は当然のことながら阿蘭陀人であった。教授方をペルス・ライケン中佐が率い、造船学、砲術をスガラウィンが、航海術、運用術をペルス・ライケン自身が、船具学、測量学をエーグが、機関学をドールニキスとエフエラールスが、さらに医学、舎密（化学）学をポンペが担当していた。

第一期生は砲艦艦長第一候補の勝麟太郎を始め、永持享次郎《ながもちきようじろう》、望月大象《もちづきだいぞう》、鈴藤勇次《すずとうゆうじ》郎、中島三郎助《なかじまさぶろうすけ》、下曾根次郎助《しもそねじろうすけ》、矢田堀景蔵、肥前藩から鍋島斎正《なべしまなりまさ》、薩摩藩から川村《かわむら》純義《すみよし》、五代友厚《ごだいともあつ》、佐賀藩から佐野常民《さのつねたみ》と後に幕末に活躍する錚々《そうそう》たる俊英が長崎に集められた。

栄五郎らは第二期生として入所を許されるかどうか今後の長崎での勉学次第で判断された。

藤之助は伝習所の小者に勝麟太郎の自室近くに案内された。六畳ほどの広さだが、どうやら同居者が何人かいる様子で持ち物が散らかっていた。

伝習所の一角からは講義の気配が伝わってきた。

藤之助はわずかな荷を解くと藤源次助真《とうげんじすけざね》を手に庭に出てみた。

長崎奉行所の敷地を散策していると剣術道場と思《おぼ》しき建物を見つけた。

藤之助は玄関先に立った。

切妻造りの堂々たる建物だ。おそらく長崎奉行所支配下の者たちが稽古をする道場であろう。

ただ今は講義の刻限か、道場に人影はなかった。

藤之助が佇《たたず》んでいると奉行所同心と思える侍が姿を見せた。

「なんぞ御用かな」

「それがし、江戸丸にて長崎に到着した者です。道場を見て体を動かしたくなり申した。使わせて頂けようか」

「お手前、姓名の儀は」

「交代寄合座光寺藤之助にござる。船では老中堀田様の年寄目付陣内嘉右衛門様と一緒でござった。先ほど勝麟太郎様にもお目にかかった」

「座光寺どの、ご苦労にござった」

と船旅を労《ねぎら》った相手はご自由にお使い下さいと許しをくれた。

藤之助は礼を述べて道場に上がった。

建築されて長い歳月が過ぎたと思しき道場は、百六十畳ほどの広さで、見所を挟んで左右の壁際には半畳幅の高床が設けられてあった。

見所の前に進んだ藤之助は正座し、神棚に向かい、拝礼した。

見所もなかなか立派な造りと広さを有していた。

その場で瞑想して心を鎮めた藤之助は傍らに置いた藤源次助真を手に立ち上がった。

腰に伝来の一剣を戻し、帯の間に落ち着けた。

改めて神棚に向かい、頭《こうべ》を垂れた藤之助の口から、

「交代寄合伊那衆の一家、座光寺一族に相伝致せし信濃一傳流奥傳《しなのいちでんりゅうおうでん》正舞四手従踊八手奉納申す」

藤之助はゆるゆるとした動作で助真を抜き放ち、

「正舞四手の一の太刀」

から十二手をすべて奉納した。

藤之助のしなやかな体と助真刃渡り二尺六寸五分が一体となって舞い動いた。その優美とも思える動きには一瞬の遅滞もなく、どこにも隙も見出すことは出来なかった。最初の動き出しから最後の止めまで谷川の水が流れ下る趣で、流麗かつ典雅だった。

藤之助は動きを止めた。腰から助真を抜くとその場に座し、呼吸を整えた。

奉納の途中で見所に四人の武家が現れ、藤之助の剣技を見物した。藤之助の意識はそれを認めつつも奥傳披露に没頭し、技を中断する考えは浮かばなかった。

藤之助は見所に向かい、深々と頭を垂れた。

陣内嘉右衛門と勝麟太郎の二人の他は藤之助が初めて対面する人物であった。

「勝手ながら当道場を遣わせてもらいました」

「座光寺どの、頭を上げられよ」

嘉右衛門が命じ、

「長崎奉行川村修就様、海軍伝習所総監永井尚志様にござる」

と藤之助に二人の武家を紹介した。

「座光寺藤之助為清にございます」

ふーうっ
と息を吐いたのは永井だ。

永井は文化《ぶんか》十三年（一八一六）生まれの四十歳、三河奥殿《みかわおくどの》藩主松平乗尹《まつだいらのりただ》の子として生を受け、後に旗本永井家に養子に出て姓を永井と変えていた。

「それがし、男谷どのの書状を読んでも陣内どのの話を聞いても弱冠二十一、二歳の若者が海軍伝習所の剣術教授方を務まるわけもないと思うていた。ここには幕臣の子弟のみならず、西国の雄藩から逸材が集まり、学問武術と切磋琢磨する所じゃからな。中には老練な者もあればすでに武名で知られた人物もある。だが、ただ今のそなたの剣技の動きを見て、いかにそれがしが勘違いをしていたかよう分かり申した」

「永井どの、恥じ入らずともよい。それがし、神韻縹渺《しんいんひょうびょう》とした趣、一瞬の隙もなき動きに肝を冷やしておる」

と長崎奉行川村修就が応じた。

「陣内どの、先ほどの言葉撤回いたす」

嘉右衛門が莞爾《かんじ》として微笑んだ。

その様子は藤之助の処遇を巡り、長崎奉行、海軍伝習所総監と嘉右衛門との間で意見の対立があったことを示していた。

栄五郎らは早々に伝習所で学びはじめたが、藤之助はなんとなく曖昧《あいまい》なままの長崎着任であった。

「川村どの、永井どの、座光寺藤之助の剣技、未だ全貌を知る者は当人の他にござるまい。それがし、戸田湊《へだみなと》でこの者に会うて以来、主堀田正睦《ほったまさよし》に度々《たびたび》にわたり推挙致し、男谷先生方の同意を得て長崎に同道致した。お二人には決して後悔はさせぬ」

と嘉右衛門が藤之助をさらに売り込んだ。

藤之助は赤面しつつも黙っているしかない。

「勝麟どの、どう思われるか」

永井が直心影流男谷一門の剣の遣い手の勝麟太郎に問うた。どうやら長崎では勝麟太郎、

「勝麟」

と呼ばれているようだった。

「それがしも同じにございます。又従兄弟男谷信友の添え状を読まされても、なんと大袈裟《おおげさ》、ちと買いかぶりかなと懸念を持っておりました。だが、今、座光寺どのの動きを眼前にして鱗太郎の背に冷や汗がたらたらと流れてどうにもなりませなんだ。およそ武術の技、俊敏迅速を会得するは難し。されど緩やかな動き、遅滞なく演じきれるはその何百倍の至難、神業の域也、比較のしようもなしと申しますが、座光寺どのが今演じられた動き、だれも真似が出来ますまい」

と麟太郎が言い、

「その技、当然のことながら北辰一刀流《ほくしんいっとうりゅう》の業前《わざまえ》ではござらぬな」

「それがしが国許、信濃伊那《いな》谷の山吹《やまぶき》領地の座光寺家奥傳として伝わりし技にございます」

「われら、四人、奥傳に接するとは幸運かな、至福かな」

勝が言い、永井が、

「座光寺どの、改めて挨拶申す。よう長崎に参られたな。本日よりそなたを海軍伝習所剣術教授方に命ずる」

と口頭で発令し、

「はっ」

と藤之助が畏《かしこ》まって応じた。

「そなたには説明の要もございますまいが、伝習所は長崎奉行所敷地内にあって伝習生は幕臣のみならず薩摩藩、佐賀藩など西国の大名家が優秀な人材を派遣してきておる。そなたに倍する年長者もいよう。最初は苦労なさろうがそなたなら務まる」

「皆様のご期待を裏切らぬよう相努めます」

その日の内に座光寺藤之助の部屋は長崎奉行所道場に隣接した教授方用の、控えの間のある八畳間に移り住むことになった。

夕暮れ前、一柳聖次郎と酒井栄五郎が連れ立って引っ越したばかりの藤之助の部屋に姿を見せた。

「どうだ、落ち着いたか」

「藤之助、落ち着くもなにも伝習生全員が目の色を変えて学問に没頭し、口も利いて貰《もら》えぬのだ。明日からが思いやられる」

と栄五郎がぼやいた。

「そなた、よいな。こんなにも広々とした座敷を独占しておるのか。伝習生候補生と教授方ではまるで待遇が違うぞ」

「栄五郎、そう申すな。それがしも落ち着いたら総監の永井様に願って、そなたらの講義に入れてもらう」

「座光寺どの、各藩から派遣されてきた伝習生はまるで親父のような者ばかりだぞ。われら十二人の候補生はまるで雛鳥に見えるわ」

と聖次郎もぼやいた。

「聖次郎どの、当初は戸惑われよう。じゃが、長い目で見ればいつかは追いつく。なにしろ相手は伝習生ではござらぬ、異国ゆえな、目指すところはわれらのだれにも見えておりませぬ」

言い合うところに榎本釜次郎が姿を見せた。

備後箱田《はこだ》村に秀才の誉れ高い箱田直知《なおとも》という郷士がいた。直知は江戸に出て、御家人榎本家の株を買い、同家の娘婿《むすめむこ》になった。

これが後の武揚、通称釜次郎の実父榎本円兵衛《えんべえ》だ。円兵衛は天文方出仕《しゅつし》で禄高百俵であったという。天賦《てんぷ》の才を得た釜次郎は江戸湯島の昌平黌《しょうへいこう》に入学し、同時に亜米利加帰りの中浜万次郎《なかはままんじろう》から英語を学んでいた。

長崎海軍伝習所の開設は釜次郎にとって吉報、直ぐにそれに応募したが第一期生にはなれなかった。それほど伝習生になることは難しいと言えた。

ともあれ、釜次郎はその場にいる三人とほぼ同年齢だ。

「勝麟先生から座光寺どのを唐人町までご案内するように命じられました」

候補生の栄五郎と聖次郎が辞去する様子を見せた。

「榎本どのにお尋ね申す。この二人を同道してはなりませぬか」

「お二方の伝習所入りは明日からです。もはや自由時間ゆえ構わぬと思います」

「栄五郎、聖次郎どの、長崎の町に出てみぬか」

「よいのか」

「榎本どのにはお断りしたが勝麟太郎どのにも後ほど許しを得る」

「そうか」

栄五郎が嬉しそうに笑って立ち上がった。

釜次郎に案内されて長崎奉行所を出た藤之助らは目にするものすべてが珍しかった。

湊には江戸丸の隣に伝習所の所蔵船となった蒸気艦スンビン号が停泊して、三本の帆柱の間にある煙突から薄い煙を吐いていた。藤之助らが乗船して来た江戸丸が投錨《とうびょう》したときには姿が見えなかった。おそらく操艦《とも》訓練に出ていたのだろう。

夕暮れになって唐人船も船上に明かりを点して華やかな幟《のぼり》などを立てめぐらしてい

た。

出島が扇型に突き出し、大波戸には大小様々の形の舟が発着して湊を中心にした町の造りは江戸とも摂津ともまるで違って立体的であった。

「なんだか異国に行ったようだな」

と栄五郎が嘆声し、

「おおっ、あそこに行くのは紅毛人ではないか」

とさらに大声を張り上げた。

「榎本どの、異国人は日頃出島に幽閉されておると聞きましたが自由に出歩いてよいのですか」

と聖次郎が釜次郎に質《ただ》した。

「各国との和親条約締結を受けて、昨年の十月から英吉利人、阿蘭陀人の長崎市街地遊歩が許されるようになったのですよ」

「江戸で考える以上にいろいろな変化が起こっておるな」

と栄五郎が応じた。

「座光寺どの、海禁政策の中でただ一つ異国に開かれた長崎の町の仕組みは江戸とも他の大名家の城下町とも違います。町人の力が強いのです」

釜次郎が新参の三人に説明してくれた。

長崎は交易を許された湊町ゆえに幕府の直轄地として長崎代官が支配監督していた。

「長崎奉行は江戸幕府の代表として長崎の町や交易を統括なされますが、実際の行政は長崎町民の頭、町年寄が執り行います。阿蘭陀商館長の江戸参府にも随行し、長崎奉行の市中巡見にも供奉し、阿蘭陀船の出入りを見届け、献上物を選定します。また、奉行所からの布告なども町年寄を頂点として、七十七の町内における乙名《おとな》たちが町内の末端にまで伝達するのです。町年寄、乙名の力なくしては、交易も行政も動きませぬ」

長崎はまるで異国そのものではないかと藤之助ら三人は考えた。

四人は長崎奉行所のある江戸町から築町《つきまち》を越え、小さな川を渡り、浜町《はままち》から船大工町と町名が書かれた地域に入っていた。町を往来する女、子供の衣装や持ち物がまるで江戸と違っていた。

「この界隈、丸山町《まるやままち》と申しまして有名な丸山遊郭があるところにございます」

「長崎で唯一つ承知の地名です」

栄五郎が嬉しそうに破顔した。

「近頃、異人相手の娼館が見世開きして女将《おかみ》がなかなかの遣り手とか、評判になっております。但《ただ》しわれら伝習所の人間は遊ぶ時間もありませんし、また遊里に上がったとてまともに相手にしてくれませぬ」

と釜次郎が遠回しに栄五郎に釘を差した。

「榎本どの、奉行所内の道場で伝習生方は剣術の稽古をなさるわけですね」

藤之助が話題を変えた。知りたいこと、尋ねることはいくらでもあった。

「道場は長崎奉行所の同心方が鍛錬するために設けられたものですが、今では同心方は御用多忙を極めて滅多に道場に姿を見せられませぬ。その代わり、千人番所の藩兵が稽古に参られます」

「千人番所の藩兵ですか」

「長崎の治安を守るのは長崎奉行所ですが、長崎奉行の支配下には実戦に役立つ戦力はございませぬ。そこで幕府は筑前福岡藩、肥前佐賀藩に命じて戸町と西泊の二ヵ所に藩士千人を呼んで常駐させることにしたのです。その代わり、福岡と佐賀藩は江戸参府が年間百日と短くなり、百日大名と呼ばれております。ともかくこの両藩が一年交代で長崎湊内外の警備に当たられておられます」

「その方々が道場に稽古にお見えなのですね」

「いかにも」

「ただ今はどちらが駐屯なされておられますか」

「佐賀藩にございます」

と答えた釜次郎が、

「座光寺どのに前もって申し上げておきます。伝習所が開設した昨年十月には剣術教授方がおられました。上泉伊勢守秀綱《こういずみいせのかみひでつな》様の新陰流《しんかげりゅう》を伝承する神道無念流《しんとうむねんりゅう》逸見八右衛門《いつみはちえもん》様と申される壮年の武芸者にございました。それが佐賀藩兵の御番衆組頭《おばんしゅうくみがしら》、利賀崎六三郎《りがさきろくさぶろう》どのと酒席で口論となり、立ち会われたとか。口論の原因も立会いもわずかな人数であった由《よし》、不分明です。ともかく逸見様が命を落とされました。その騒ぎは長崎奉行所と佐賀藩の間で内密で話し合われ、逸見様病死ということで決着がつけられたようです。このご時世の上に伝習所開設と重なったこともあり、内々に済まされたのです。その一件以来、道場の稽古の実権を千人番所が握っておられます」

「榎本どのにお聞きする。利賀崎様にお咎《とが》めはなかったのですか」

栄五郎が聞いた。

「何しろ逸見様は病死にございますゆえ咎人が出ては可笑《おか》しゅうございましょう」

釜次郎が苦笑しながら答え、

「よくあることだ」

と栄五郎が首肯《しゅこう》すると、

「とすると藤之助は、いや、座光寺どのは道場の実権を長崎奉行所に取り戻すために任命されたのですか」

「と、われらは推測しています」

とその問いに釜次郎が興味津々に答えた。

「座光寺どのの前にもいろいろと難題が待ち構えているようだ」

と聖次郎が呟《つぶや》いたとき、四人は紅灯が点る唐人町に足を踏み入れていた。

唐人町独特の食べ物と飲み物と調味料など一緒になって発する刺激臭と香りが四人を襲った。

その瞬間、藤之助は刺すような視線を身に感じていた。

三

長崎の唐人屋敷は貞享《じょうきょう》五年（一六八八）九月（貞享五年九月三十日に改元され、元禄《げんろく》元年になった）に起工し、翌元禄二年正月初旬には屋敷の建築が始まっていたという。

当初、幕府では唐人は長崎市内に雑居を認めていたが、貿易の制限などを受けた煽《あお》りもあって抜け荷が頻発し、またきりしたんの教えを布教したり、町家の女と密通するなどとして禁教・風紀上からの押し込めが決まったのだ。

町外れ十善寺《じゆうぜんじ》郷の薬園に総坪数九千三百七十三坪八合と広大な土地を確保して、四方に高さ七尺五寸から十二尺、厚さは二尺七寸という頑丈な練塀《ねりべい》を巡らした。

このうち唐人が住む地域の二ノ門内は六千八百七十四坪、この中に唐人屋敷二階建て二十棟が配置され、店舗百七軒、土神堂、天后堂、観音堂など信仰の場も設けられた。いわば唐人の町が出現したのだ。

広大な敷地の一角は海岸に面し、ここに大門が設けられ荷の積み下ろしが便利なように波戸場があった。

勝麟太郎らは、この唐人屋敷の外に広がった唐人の料理茶屋の一軒に藤之助らを招いてくれたのだ。唐人屋敷の外に黙認された唐人料理屋の存在は、幕府の弱体を受けた結果だ。

今や長崎では英吉利人や阿蘭陀人が市内を遊歩し、唐人たちが町中に店開きしようとしていた。それを長崎町人は暗黙のうちに支持していたのだ。

夜の海を眺められる料理屋の座敷には接待側の勝麟太郎、第一期生の長持享次郎ら幕臣、薩摩藩士川村純義、五代友厚ら十数人、それに江戸から同行してきた平井利三郎ら三人の船中教授方もいた。

二十人近い人数がいくつもの卓を寄せて巨大な卓を作り、囲んだ。

勝麟が歓迎の辞を述べ、阿蘭陀人教授方の助手として伝習所を手伝いながらも自らも学ぶことになる平井ら三人と剣術教授方の藤之助、伝習所入所候補生の聖次郎、栄五郎を一座に紹介し、酒宴が始まった。

料理も酒も藤之助が初めて口にするものばかりで、どれもが調理したてで熱く香ばしかった。

「藤之助、唐人の食い物はなかなかの風味じゃな、おれは口に合うぞ」

と栄五郎が片手の酒盃を呷《あお》った。

「よいか、栄五郎、酒も食い物もほどほどにしとけよ。明日、苦しくなるぞ」

「藤之助、長い船旅をしてきたのだぞ、今宵《こよい》くらい羽目を外させよ」

「朝の五つ（午前八時）から七つ（午後四時）まで伝習所に入るための座学があることを忘れるな」

一柳聖次郎は伝習所の第一期生の豊富な知識と健啖《けんたん》ぶりに圧倒されている。勝麟らが交わす会話には異国の言葉が混じり、藤之助にも聖次郎にもさっぱり理解がつかなかった。

「座光寺どの、先輩方が何を話しておられるのやらさっぱり分からぬ」

と自信を喪失した顔で言った。

「われらは江戸から到着したばかりです。そう簡単に分かっては勝様方もお困りでしょう。まずは懐深くゆったりと構えておられませえ。一柳どのの目標はまず伝習所入所です」

「よいな、座光寺どのには頼るべき剣があって」

「一柳どのもなかなかの剣の遣い手ですよ」

「そう自惚《うぬぼ》れておったがな、そなたに出会って打ち砕かれた」

と聖次郎が自嘲した。

「聖次郎、座光寺藤之助どのに船中にてやられたそうだな」

矢田堀景蔵が藤之助の座の傍に酒盃を片手に寄ってきた。

幕臣の矢田堀はこのとき、二十七歳、藤之助らより五、六歳年長であった。

「矢田堀様」

と聖次郎がほっとした顔をした。どうやら二人は顔見知りのようだ。

「座光寺どの、おれと聖次郎は神道無念流浅生《あさお》道場の同門でな、こやつ、だいぶ天狗になっておったが、あっさりと天狗の鼻をそなたに打ち砕かれたようだな」

「矢田堀様、そう言わんで下さい。座光寺どのにこっぴどく打ちのめされたばかりか、航海中に藤掛漢次郎を亡くす悲運に見舞われまして、一旦は摂津湊から江戸に引き上げようと尻を割ったそれがしです。それを座光寺どのに説得されてようようにして長崎に辿りついたのです。もはや座光寺どのにはそれがし終生頭が上がりませぬ」

聖次郎は藤之助に完敗し、その剣技を認めざるをえないとなるとそれに素直に従う広い心を持ち合わせていた。

「藤掛のことは聞いた。残念であったな」

と矢田堀が瞑目し、気持ちを切り替えるように問いかけた。

「聖次郎、長崎に着いてどう思う」

「さらに自信を失くしました。だが、摂津湊から江戸に戻っていたら一柳聖次郎は今以上に駄目になっていたことは確かです。座光寺どのの温情に感謝するばかりです」

矢田堀が頷き、

「江戸と長崎は遠い。だが、話というものは意外に早く届くものでな。座光寺どのの話もいろいろと伝わっておるが、まさかこのような若さとはな、夢想もしなかった」

と藤之助の顔をまじまじと見た。

「矢田堀様、それがし、つい四月前まで伊那谷で駆け回っていた山猿にございます。物事を知らぬだけの若輩者です」

まさか座光寺家の先代左京為清を斃《たお》して主の座に就いたとはいえなかった。

「そう聞いておこうか」

と矢田堀が答えたとき、

「景蔵、座光寺の若さに惑わされてはならぬぞ。そもそも器が大きいわ、長崎に来て、異人にも異人の学問にも動じないのはこの座光寺藤之助だけかも知れぬて」

勝麟が座に加わった。そこへ薩摩藩士の五代が、

「おはん、信濃一傳流ちゅう流儀の会得者げな、今度、おいどんに信濃一傳流ば披露してつかわさい」

と話に入ってきた。

「座光寺どの、薩摩藩のお家流は示現流《じげんりゅう》と申す豪毅な剣術でな、信濃一傳流といい勝負かもしれんぞ」

と勝麟がけしかける。

同じ学問の道を志す仲間ゆえに遠慮がない。

西洋の学問ばかりを一日じゅう詰めこまれる伝習生にとって剣術話は恰好《かっこう》の息抜きのようでいつまでも談論風発して宴は続いた。だが、伝習所のことを考えればいつまでも飲み食いしているわけにもいかない。

四つ（午後十時）の時鐘を聞いて、勝が宴の散会を宣した。

唐人町の波戸場から海岸伝いに長崎市内へと一行は戻ることになった。

栄五郎は久しぶりに飲んだ酒に、

「船旅の後の酒は、意外と利くな」

と言いながら、足をよろめかせていた。

海岸に打ち寄せる波の音が響き、一行の一人が海に向かって放尿した。すると数人が真似た。

上弦の薄い月が海岸を照らしていた。

黒々とした海に紛れるように二隻の早船が漕ぎ寄せてきた。武装した唐人が乗る早船だ。

「勝様」

藤之助が注意を促した。

「われら、二十人もの伝習生を襲おうという唐人がおるのか」

麟太郎の声にも驚きがあった。

「近頃、抜け荷船などが長崎沖に参り、夜間に上陸すると聞いたがな」

黒い早船が二隻、海岸に舳先を乗り上げ、ばらばらと唐人が海岸へと飛んだ。

小便をしていた肥前藩士の一人が、

「何者か」

と誰何《すいか》し、刀の柄に手をかけた。

だが、答えようともせず矛や青龍刀を月光に煌《きらめ》かせて迫ってきた。抜け荷のために上陸してきた連中ではない。最初から伝習所の者たちを狙って襲撃する心積もりの者たちだ。その人数はおよそ二十人、伝習生とほぼ同じ数だ。

「気をつけよ」

麟太郎が一同に声をかけ、抜刀しようとした。

「勝様、この場はお任せを」

藤之助は願った。

「ほう、そなたが一人で片付けると申されるか」

驚く勝に頷き返した藤之助は、

「どなたか木刀を持参しておられましたな」

と聞いた。

「それがしが持っておる」

伝習生の小野友五郎《おのともごろう》が藤之助に差し出した。

「お借り致します」

藤之助はするすると出て、黒い長衣の唐人たちの前に立ち塞がった。

「なんの恨みがあってのことか知らぬ。伝習所剣術教授方座光寺藤之助、長崎に参ったご挨拶代わりに伊那谷名物信濃一傳流をご披露申し上げる」

友五郎から借り受けた木刀が上弦の月に向かって高々と突き上げられた。

木刀が藤之助の頭上に立てられたとき、勝麟太郎は、若者が二十人の唐人襲撃者を圧して大きく聳《そび》え立つ武芸者と変身したことを気付かされた。

(この者、おれが考える以上に器が大きいわ)

唐人たちも立ち塞がった若者が只者《ただもの》ではないと気付いたか、言葉を掛け合った。

その直後、矛先が煌いて藤之助の胸を狙って突き出された。

「天竜暴れ水」

藤之助の口からこの声が洩れた。

次の瞬間、藤之助は月光に煌く矛先へと自ら身を飛び込ませていた。

矛先が木刀によって強打されて割れ砕け、矛の主が額を殴られて昏倒した。次の瞬間には藤之助の体は、唐人の円陣のど真ん中へと躍り込んでいた。

一瞬たりとも同じ場所に止まることなく、四方八方予期せぬ方向へと飛び上がり、跳躍し、後退しつつ、木刀が振るわれる度に唐人たちは次々に倒れ伏していく。

勝麟太郎らの目には長崎の浜を野分が襲ったように見受けられた。

藤之助の変幻にして自在な動きに唐人たちが付いていけず、ばたばたとなぎ倒されていくのだ。

ひゅうっ！

早船に残っていた頭分《かしらぶん》が退却の合図を送った。

藤之助の木刀に殴られ、叩かれた唐人たちがほうほうの体で舳先を巡らして待つ黒い早船に飛び込んでいった。

藤之助は追おうともせず相手が逃れるままにさせた。

その間に二隻の早船は長崎湾の奥へと遠ざかっていく。

戦いの場には矛や青龍刀が何本となく残されていた。

榎本釜次郎が曲がった青龍刀を取り上げ、

「呆れたぞ」

と呟いた。

「信濃一傳流恐るべし」

五代友厚が応じ、

「薩摩示現流も激しいが座光寺どの剣技も険しゅうごわんど」

と驚嘆の言葉を吐いた。

「五代、申したろうが、幕臣にも隠れた異才はおるとな」

勝麟の言葉に川村純義が、

「今宵は愉快じゃっど、おいどん、肝を冷やし、酒も冷め申した」

と高笑いし、一行は伝習所へと戻っていった。


翌朝、藤之助が長崎奉行所内の道場に出た。

七つ（午前四時）の刻限だ。まだ薄暗い道場には人影もない。

藤之助は昨日見つけておいた井戸に行き、木桶に水を汲むと道場の拭き掃除を始めた。掃除を始めて四半刻、伝習生たちが三々五々姿を見せ始め、慌《あわ》てて掃除に加わった。さしも広い道場も伝習生らの手伝いで清掃を終えた。

伝習生百数十名がほぼ顔を揃えた。

勝麟太郎が藤之助を一同の前に誘《いざな》うと紹介の労をとった。

「伝習生の中にはまだ知らぬ者もあろう。昨日江戸丸にて当海軍伝習所剣術教授方として着任なされた幕臣座光寺藤之助為清《ためすが》どのだ。年は若いが腕は確かだ。皆、侮《あなど》ると手《て》酷《ひど》い目に遭うぞ。それがしは、昨日一日で存分に知った」

と冗談口調で紹介した。

勝麟にも昨夜の戦いの興奮の余韻が残っているようだった。

「ほう、江戸から教授方が着任なされたか。われら、佐賀藩の千人番所には挨拶ござらぬな」

という声がして、道場の入り口に三十人ほどの人影が立った。

「これはこれは、利賀崎六三郎どのか。座光寺氏は昨日着任なされたばかり。長崎奉行所への公式の着任挨拶も今日でござるよ」

と麟太郎がいなした。

「ならばただ今のところ、長崎奉行所道場の正式な剣術教授方ではないということか」

と利賀崎が言い放った。

「座光寺どのと申されるか。それがし、佐賀藩千人番所御番衆《おばんしゅう》組頭利賀崎六三郎と申してな、長崎の治安を預かっておる。先の教授方ともちと因縁がござった。お近づきの印にお手合わせ願おうか」

と言い出した。

「これ、利賀崎どの、いきなりのお手合わせなど非礼でござろう」

と諫《いさ》めたのは佐賀藩から第一期伝習生として入所していた佐野常民だ。

「黙らっしゃい、佐野どの。ただ今当道場の師範として実質的に動いておるのはこの利賀崎六三郎にござる。江戸から新しく着任なされた教授方の力をしらんではお役目なり申さぬ」

と利賀崎はどうしても立ち会う気だ。

ここにも幕府の弱体化を示す規範の綻《ほころ》びが見られた。

本来、長崎は江戸幕府の直轄地、幕府が派遣した長崎奉行を頂点にして行政、交易、警備を司《つかさど》るはずだ。が、長崎警備の任に就く佐賀藩千人番所の御番衆組頭が長崎奉行の権威をないがしろにしてのさばっていた。

藤之助は勝麟太郎を見た。

「座光寺どの、そなたの気のままに」

と勝麟が笑いかけた。

「はっ」

と畏まった藤之助は、

「利賀崎様、お望みゆえ御指導お願い申します」

「それがし、江戸から派遣された教授方を指導するほどおこがましくはござらぬ。ただ互いの力を確かめるだけにござる」

藤之助は微笑むと栄五郎が差し出した竹刀を受け取った。

「あやつを叩きのめしてやれ、昨晩の唐人のようにな」

と栄五郎が囁《ささや》いた。

「あいや、武門の佐賀本藩には竹刀での立会いなどござらぬ。道場にても木刀が慣わしにござる」

木刀での立会いは打ち所が悪ければ大怪我、時には死に至った。

利賀崎六三郎は三十五、六歳か。背丈は五尺七寸余だが、五体がっちりとして腰が据わっていた。腕など伝習生の太股《ふともも》ほどはありそうだ。

「承知致した」

と答えた藤之助はまだ傍らにいた栄五郎に竹刀を返した。それを見ていた一柳聖次郎が自ら木刀を差し出すと、

「座光寺先生、あやつの高言今のうちに止めておいたほうがいい」

とこれまた忠告した。

「お借りする」

道場の中央に進み出た藤之助は無人の見所に拝礼して、利賀崎に向き直った。

「利賀崎氏の流儀をお聞きしておこうか」

「流儀を問うときは自ら名乗るが礼儀」

「これは失礼申した。それがし、領地が信濃伊那谷にござれば幼少より信濃一傳流を学び、江戸に出て、北辰一刀流玄武館に入門を許されたばかりの未熟者にございます」

「お若いのう、お手前」

と冷笑した利賀崎は、

「それがし、佐賀藩に伝わるタイ捨流《しゃりゅう》免許皆伝にござる」

と堂々と名乗りを上げると、

「いざ勝負」

と木刀を八双にとった。

藤之助は正眼に構えた。

間合いは一間半。

その対峙《たいじ》のままに時がゆるゆると流れていく。

藤之助は微動もしない。泰然自若の姿勢を保持し続けた。

信濃一傳流は構えから入る。天竜川の滔々《とうとう》とした流れを呑み、一万尺の山並みに向き合い、永久とも思える時間不動の構えを取り続ける。すべて構えが基本だった。

利賀崎の顔が紅潮し、額から汗が流れ出した。

対峙からどれほどの刻限が流れたか、利賀崎の息が弾み始めた。それに堪《こら》えきれぬように、
きえええいっ！

という奇声を発し、胸厚の上体を斜めに傾けて利賀崎六三郎が走った。

藤之助は引き付けるだけ引き付け、八双の木刀を藤之助の脳天に振り下ろす利賀崎の木刀を弾いた。

かーん！

と音が響いて利賀崎の手から木刀が飛んだ。

驚き、立ち竦《すく》んだ利賀崎は腰の脇差《わきざし》に手をかけ、抜こうとした。

藤之助の木刀が虚空に翻《ひるがえ》り、利賀崎の肩を軽く打つと、鈍い音がして、足がもつ

れ巨体が床に、

どどっ

と崩れ落ちた。

四

座光寺藤之助は、長崎海軍伝習所総監永井尚志の御用部屋に呼ばれ、正式に剣術教授方の辞令を貰った。その場に同席したのは老中首座堀田正睦の年寄目付陣内嘉右衛門だけだ。

「有り難くお受け致します」

と辞令を拝受した藤之助に、

「座光寺どの、そなた、われらが考えていた以上の早さで長崎の掃除をなされたようじゃな」

と佐賀藩の千人番所御番衆組頭の利賀崎六三郎を打ち伏せたことを言外に匂わせて言った。

藤之助はただ首肯した。

「勝麟太郎から経緯《いきさつ》は聞いた。長崎奉行所が各藩の出先機関や各国の艦船を監督する立場にあることを今一度知らしめねばならぬでな」

と永井が言うと嘉右衛門と頷き合った。

「座光寺どの、剣術教授方の役料は五百両にござる。就任の期限はこのような時代にござれば未定である、宜《よろ》しいな」

と嘉右衛門が付け加えた。

平伏した藤之助は交代寄合の当主が遠国《おんごく》奉行支配下の海軍伝習所付の剣術教授方に就任することがあるのかどうかとちらりと考え、

(それにしても助かった)

と内所の苦しい座光寺家のことを、引田《ひきた》武兵衛《たけべえ》の顔を思い浮かべた。

顔を戻した藤之助は、

「永井様、陣内様にお聞きします。勝様からすでに御報告があったとは思いますが、昨夜武装した唐人の群れに襲われました。あの者どもの正体、ご存じでございますか」

「聞いた」

と永井総監が言い、

「近頃、唐人の抜け荷船が長崎近海に頻繁に出没しておるで、その一味かと思う。われらは昔からの呼称、唐人と呼ぶがかの国はただ今清朝である。船も一概に唐人船、清国船では引っ括《くく》れぬ。南京船、東京船、シャム船、広東船、万丹船、大泥《バタニ》船など地方と一族によっていろいろでな、正徳《しょうとく》新令の後、制限された唐交易を抜け荷で補おうとしておるのだ。昨夜の連中も、抜け荷船の者と思うて、奉行所異人探索方がただ今調べておる」

と永井が答えた。

「座光寺どの、この際だ、なんぞ永井総監に願うなりお尋ねすることがあるか」

と嘉右衛門が口添えした。

「お言葉に甘えて願いの儀がございます。それがしも伝習所の講義を受けとうございますがお許し願えませぬか」

永井と嘉右衛門が顔を見合わせた後、嘉右衛門が口を開いた。

「伝習所入りはそなたには許されぬ。まずは務めを果たされよ」

にべもなき拒絶の言葉が嘉右衛門から返ってきた。

「はっ、差し出がましきことを願いました。お許し下され」

と詫びた藤之助は総監室から退室しようとした。

「座光寺どの、これよりおよそ半刻後、町に出る。同道してはくれぬか」

と嘉右衛門が言った。

「承知しました」

「ならば大波戸で会おうか」

首肯した藤之助は総監室を出た。するとあちらこちらから阿蘭陀人教授の講義の声が響き、その言葉を翻訳する通詞の声が続いた。

江戸丸で長崎入りした酒井栄五郎ら伝習所入所候補生もこの伝習所の一角で第二期生、第三期生に選ばれんと必死の勉学に勤《いそ》しんでいるはずだ。

藤之助は一人取り残されたような孤独に襲われた。その気持ちを、

(我は我、人は人)

と思い直し、奉公第一と改めて気を引き締め直した。

道場の居室に戻った藤之助は、外出の仕度をすると長崎奉行所の表門を出た。腰に矢立《やたて》と懐に巻紙を入れたのはどこかで暇があれば、養母のお列や引田武兵衛宛に手紙を書こうと思い付いたからだ。

江戸よりも明るい陽射しが湊に降り注いでいた。

大波戸に行くと阿蘭陀から幕府に寄贈されたスンビン号が沖合いに停泊し、煙突か

ら煙を吐き上げて出帆の仕度をしていた。後に観光丸と船名を変えて軍艦奉行支配下に組み入れられるスンビン号は蒸気機関、帆走と両用型の船であった。

総噸《トン》数四百、全長二十九間、船幅五間、喫水四間、備砲は五門、風のないときは百五十馬力の蒸気機関で進むことが出来た。

藤之助らが搭乗してきた江戸丸よりははるかに大きかったが、異国船としては決して大きな船体ではなかった。

それでも藤之助にはスンビン号が頼もしく見えた。

海禁令（鎖国策）をしく徳川幕府は外洋型の大船建造を禁じた。

文化五年（一八〇八）八月、長崎湾で驚天動地の事件が起こる。時節外れに英吉利《イギリス》軍艦フェートン号が入湊し、阿蘭陀商館員や通詞が近付いたところ、いきなり阿蘭陀商館員二人が拉致《らち》された。

フェートン号は全長二十八間余、三十八門の大砲を装備した軍艦で長崎湾内を我が物顔に横行した。船体はスンビン号とほぼ同じだが装備が大きく違った。

長崎奉行所は食料薪水を差し入れ、軍艦を長崎からなんとか去らせた。

この騒ぎの責任を取り、長崎奉行松平康英《まつだいらやすひで》が切腹した。

この事件が切っ掛けになり、海防論議が盛んになっていく。そして、嘉永《かえい》六年（一八五三）六月、ペリーが浦賀《うらが》沖に黒船艦隊を率いて来航し、開国を要求した。衝撃を受けた幕府はこの年の九月に大艦建造を解禁し、阿蘭陀に軍艦の発注をしていた。あれから三年の歳月が流れていた。

和船の伝馬とはかたちが違う艀《はしけ》がスンビン号を離れて、藤之助の佇《たたず》む大波戸に漕ぎ寄せてきた。

艀には職人風の男が一人立ち乗りして二本の櫂《かい》を器用に操っていた。陽光に焼けた具合や恰好《かっこう》から船大工かと藤之助が推量している内に艀が大波戸に漕ぎ寄せられた。

「舫《もや》いを投げられよ、繋《つな》ぎとめよう」

と藤之助が声を掛けると、

「面倒をかけますな」

と応じた言葉はどこかで聞き覚えの訛《なま》りだった。

「そなた、長崎の人間ではないな」

舫い綱を受け取った藤之助が聞いた。

「お侍、わっしは豆州戸田《ずしゅうへだ》の船大工にございますよ」

「なにっ、おろしゃのプチャーチン提督らが滞在した戸田湊とな」

「お侍は戸田を知っておられますか」

「つい最近な、偶然にも訪ねた。ヘダ号を建造した造船所も見たぞ」

「それは懐かしい。わっしはヘダ号を造った船大工の一人、上田《うえだ》寅吉《とらきち》にございますよ」

「それは奇遇かな。それがし、昨日、江戸丸にて到着し伝習所剣術教授方に就いた座光寺藤之助だ。よろしくな」

「どえらく腕の立つ侍が江戸から来られると聞いてましたが、座光寺様がその評判のお方ですか」

寅吉が笑い、

「戸田を承知の侍に肥前長崎で会うなんてうれしいじゃございませんか」

と言葉を継いだ。

「そなた、なにをしておる」

「ヘダ号を建造した経験を買われてこの地に異国軍船の建造を勉強に連れてこられたんでさあ」

豆州で漁師船の船大工であった者が長崎に呼ばれて異国軍艦建造の技を覚える時代だと藤之助は改めて思い知らされた。

「もうお一方、戸田を承知の方が参られたわ」

と長崎奉行所の門を出る寅吉に陣内嘉右衛門を教えると、

「寅吉どの、また会おう」

と言い残して嘉右衛門に歩み寄った。

「知り合いが出来たようじゃな」

「戸田浜の船大工にございました」

「おろしゃ人の帆船造りに携わった船大工が長崎に連れてこられていると聞いたが、あの者がそうであったか」

と得心した嘉右衛門が、

「さて参ろうか」

と江戸町から海岸伝いに唐人町の方へと歩き出した。

「お供します」

二人は肩を並べて、新大橋を渡った。

「そなた、伝習所で勉強なさりたいか」

「お忘れ下さい。まずは奉公専一に気持ちを切り替えたところにございます」

「言うておこう。長崎には海軍伝習所の他に医学伝習所、さらには異国の言葉の一つ、英吉利、亜米利加《アメリカ》人が話す英語を学ぶ伝習所と次々に開所致す予定だ。ただ今は海軍伝習所だけだがな、船を操り、大砲を発射し、夜間に航行する知識や技術を勉学する者たちは、勝麟太郎らを始め沢山おる」

「はい」

「それも大事じゃがな、船を一隻自在に操ったところで国家は動かせぬ。勝麟やそなたには、もそっと違う立場から国家の再建と経綸《けいりん》を学んでもらわねばならぬ。長崎におる間に目を見開いて異国の事物を見聞なされよ、それがそなたの役に立つことになる」

藤之助は嘉右衛門がなにか考えあって伝習所での勉学を断ったと悟った。

「それに座光寺家には代々上様と約定なされる秘密もあるようじゃあ、そのためにも激しく動く時代の核心を透徹する目を持たねばならぬ」

「首斬安堵《くびきりあんど》」

嘉右衛門は座光寺家が保持する将軍家との、
の秘された約定を承知している様子があった。

「畏まりました」

陣内嘉右衛門は唐人屋敷の表門の波戸場に藤之助を伴った。するとどこにいたか色鮮やかに塗られた船が漕ぎ寄せてきた。帆を装備していたが外洋を帆走する船ではなかった。湾内に停泊するときに使われるほどの大きさの船だ。

櫂を握るのも舵を操るのも紅毛人だ。

船中から一人の男が、

「陣内様、お待ちしておりました」

と声を掛けてきた。

どうやらこの船に乗って沖に出るようだ。

嘉右衛門と藤之助が異国の船に移乗すると直ぐに沖へと向けられた。直ぐに帆が張られ、湾内を滑るように南西に向かって進んだ。

船中、嘉右衛門と通詞と思しき男は何事か打ち合わせを続けた。

船は江戸丸が入ってきた長崎湾の外に向かい、湊境を越えて神崎《こうざき》ノ鼻《はな》を巡り、海に切り立った山が迫り出した隙間に、

「洞窟」

のように開いた入り江に入っていった。するとその入り江の奥に異国の軍艦がひっそりと停泊していた。

「英吉利国の軍艦じゃあ」

と嘉右衛門が藤之助に説明すると、

「それがし、ちと商談があってのう、船のカピタンと会うて参る。一刻ほどこの船で待たれよ」

と命じたとき、嘉右衛門らを運んできた船は帆を降ろし、巨大な軍艦の舷側に横付けされた。

簡易な階段が英吉利の軍艦から降りてきて、嘉右衛門と通詞が上っていった。

帆を降ろした船に藤之助一人が残された。

藤之助は矢立から筆を出し、巻紙を出すと屋敷で待つ人々に江戸を出て以来の出来事を克明に綴《つづ》り始めた。

その作業に熱中して時が過ぎるのをいつしか忘れていた。

船が揺れて、頭上から嘉右衛門の声が降ってきた。

「待たせたな」

見上げると揺れる階段に嘉右衛門一人を挟んで乗組員の紅毛人が護衛するように下りてきた。どうやら通詞は船に残るようだ。

「なんのことがございましょう」

嘉右衛門が戻った船が軍艦の舷側を離れ、帆が再び張られた。風を受けた船は断崖の入り江から一気に波の荒い海へと出た。そして、長崎へと舳先を巡らした。

「御用は無事に済まれましたか」

紅潮した顔を両手で撫《な》でた嘉右衛門が、

「思うていたより上々に終わった」

「ようございましたな」

「座光寺どの、これからの話、そなた一人の胸に仕舞っておかれよ」

「畏まりました」

「とは申せ、詳しくは言えぬ。ともあれ武器商人グラバーなる者と最新式の鉄砲、軍艦装備の大砲を買い付ける話が纏《まと》まった」

「武器商人が英吉利国の軍船に乗船しておりますので」

「異国の軍艦にはきりしたん布教のばてれんから武器商人まで色々な人間が乗っておるわ」

「陣内様、わが幕府は阿蘭陀人と唐人の往来を許して参りましたな。鉄砲を買い付ける話、阿蘭陀商館を通じては駄目な話にございますか」

「よいところに気付かれたな。確かにわれら阿蘭陀を通して欧州諸国と交易をして参った。ゆえに阿蘭陀を通して武器弾薬を買い求めるのがよろしかろう。此度《こたび》の海軍伝習所もまた阿蘭陀の手助けで開所されたのだからな。だが、阿蘭陀国が欧州の地で大国かと申すとどうやら違うらしいことがフェートン号の騒ぎを通じて分かった。先ほどの軍艦の英吉利国、仏蘭西国《フランス》、露西亜と大国はいくらもあるらしい。阿蘭陀一国を通して通商していては、軍備も知識も旧式のものを押し付けられる可能性があると、われらは考えたのだ。そこで長崎の交易とは別にして、幕府では最新の武器弾薬を密かに手に入れることになったのだ」

藤之助は老中首座の年寄目付陣内嘉右衛門の長崎来訪の目的はこのことにあったのかと気付かされた。

「まだ買値が決まっておらぬがなんとか本年じゅうに手に入れることが出来そうだ」

「武器商人とはそれほどに力を持つものにございますか」

「グラバーか、表の顔は貿易商人だが、その実武器の売買で巨利を得ている者よ。この者は武器を仲介する代わりにこの長崎に商館を持ちたいと願ってきた」

帆船は滑るように陽が西に傾いた湾内を帆走して、二人が乗船した唐人町の波戸場に戻り着いた。

「そなたを付き合せて愛想がなかったのう、甘いものは食べるか」

上機嫌の嘉右衛門が聞く。

「甘いものと申されましても伊那谷育ち、あけびや干し柿程度のものしか食したことがございませぬ」

「ならば付き合え」

唐人町から船大工町に向かった嘉右衛門が足を止めたのは、間口十数間はありそうな総二階漆喰《しっくい》格子も美しい、

「不老仙菓長崎根本製　福砂屋」

と看板を掲げた老舗《しにせ》だった。

「この菓子舗、店の創業が寛永《かんえい》元年（一六二四）と申すから二百三十余年もこの地で暖簾《のれん》を掲げておる老舗じゃあ、カステイラが名物でな」

「カステイラとは南蛮の菓子ですか」

「いかにもさようだ。創業の寛永元年に福砂屋二代目武八が葡萄牙《ポルトガル》人から直伝された菓子でな、砂糖、双目糖《ざらめとう》、卵黄、小麦粉を混ぜて練り上げ、馥郁《ふくいく》と仕上げた菓子を、カステイラと呼ぶそうな。長崎に参る度にこの福砂屋に立ち寄るのが楽しみでな」

と藤之助に説明すると、

「許せ」

と店に嘉右衛門が入っていった。

「これはこれは、陣内様、昨日江戸から船が入ったとお聞きしましたがお見えにございましたか」

「この者にな、カステイラの風味を教えたくて連れて参った。番頭、伝習所剣術教授方に就いた交代寄合座光寺藤之助どのだ。長崎滞在中はなにかと世話をかけるかもしれぬが面倒を見てくれぬか」

と帳場格子から立ち上がってきた番頭に紹介した。

「ようこそお出でなされましたな、座光寺様」

と挨拶した番頭が、

「陣内様、すでに私どもの耳に座光寺様のお名は届いておりますよ」

「ほう、それはまたどうしてかな」

「昨夜、海岸に上がった唐人どもをお一人で叩き伏せられた座光寺様のご活躍を見ていた町人がおりましてな、今度の伝習所剣術方は宮本二天《みやもとにてん》様のようなお方と噂が飛んでおりますので」

それを聞いた嘉右衛門が、

からから

と嬉しそうに笑った。

座敷に招じ上げられた嘉右衛門と藤之助の前に甘い香が漂うカステイラが運ばれてきた。

「食してみられよ」

「頂戴致します」

藤之助は一口カステイラを食した瞬間、どこか掴《つか》みどころがなかった異国が己の手近に引き寄せられたようで、舌先に感じるきめの細かな感触と甘美に一瞬にして魅惑されていた。

「これがカステイラでございますか」

「いかにもこれが異国の味よ」

二人は薄暗い座敷で葡萄牙人が伝えた味を賞味した。

(いつの日か異郷の地を踏みたいものだ)

藤之助の脳裏にその考えが湧いた。

第五章　鉈と拳銃

一

藤之助《とうのすけ》はスンビン号の蒸気機関が鼓動をしている証、煙突からもくもくと吐き出される白い煙を大波戸から見ていた。阿蘭陀《オランダ》国から贈られた船の甲板には、酒井栄五郎《さかいえいごろう》ら江戸から共に旅してきた十二人の候補生や榎本釜次郎《えのもとかまじろう》らも乗船していた。

阿蘭陀人の専任士官がなにか号令を発すると通詞が訳す声が続き、一斉に候補生たちが作業に移り、スンビン号はがらがらと鎖の音を響かせて碇《いかり》が巻き上げられ始めた。船尾付近に白い波が立った。

三本の帆柱には帆はなかった。その代わり、煙突から吐き出される煙が増えて、船はゆっくりと動き始めた。

わあっ！

と歓声を候補生たちが上げ、四百噸《トン》の船体が長崎湾外を目指して動き出した。

「乗船なさりたいかな」

いつの間にか歩み寄っていた陣内嘉右衛門《じんないかえもん》が藤之助に声をかけた。

「その気持ちなくもございませぬ」

笑いで応じた嘉右衛門が、

「そのうち、嫌でも船に乗る機会が参る」

「本日はどちらに参られますな」

と藤之助が話題を変えた。

このところ外出する嘉右衛門に藤之助が同行することが多かった。

嘉右衛門の警護ということもあったろうが、藤之助へ長崎のことを一日も早く理解させようとする配慮だと思われた。

「本日は町年寄七人と会う」

長崎の町の実際の行政交易を当初、頭人《とうにん》と呼ばれた町年寄が司った。

元亀《げんき》二年（一五七一）頃、長崎の町の原型、六ヵ町が出来たとき、頭人は高木勘《たかぎかん》右衛門《えもん》、高島了悦《たかしまりようえつ》、後藤宗太郎《ごとうかんたろう》、町田宗加《まちだそうか》の四人であった。

高木氏は肥前《ひぜん》佐賀郡高木に興った肥前御家人の筋といわれ、他の三人もそれぞれ西国各地の領主であった。大半はきりしたんで、後藤宗太郎は朱印船貿易に手を染めていた。

禁教時代の到来とともに逸早《いちはや》く信仰を棄て、転換と生き残りを図ったが、町田氏はきりしたんを止めようとはせず、そのために寛永《かんえい》期（一六二四〜一六四四）に没落した。

この町田家の代わりを高木彦右衛門《ひこえもん》が継ぎ、両高木、高島、後藤の四人体勢が維持された。

元禄《げんろく》十年（一六九七）、高木彦右衛門が唐蘭貿易総取締に昇進した後、外町常行司《じょうぎょうじ》の薬師寺又三郎《やくしじまたさぶろう》が町年寄に加わり、さらに二年後、内町《うちまち》と外町《そとまち》が一体化したことで、常行司の福田伝次兵衛《ふくだでんじべえ》と久松善兵衛《ひさまつぜんべえ》が加わり、六人制になった。

明和《めいわ》三年（一七六六）に一代町年寄福田十郎左衛門《じゅうろうざえもん》が世襲を認められ、七人体制が定まり、安政《あんせい》期（一八五四〜一八六〇）に至っていた。

長崎の町は今日もすっきりと晴れ上がり、対岸の稲佐《いなさ》の寺院や段々畑がはっきりと見えた。もはや栄五郎らを乗せたスンビン号の船影は湾内に見えなかった。

「座光寺《ざこうじ》どの、そなたには伝えておこう。それがし、明日にも長崎を離れることになろう」

　嘉右衛門は江戸へ帰着するとは明言しなかった。だが、藤之助はそう受け止めた。

「手紙の他、小さき物なれば預かり、座光寺家に届けさせる」

「有り難うございます」

　藤之助は老中首座堀田《ほった》正睦《まさよし》の家臣、陣内嘉右衛門が幕府の外交政策の隠密方の職務を負わされていることをもはや承知していた。それだけに嘉右衛門の行動は広く、神出鬼没といえた。

「次はいつ長崎に戻ってこられますな」

「意外と早いか何年後になるか」

　と曖昧《あいまい》に答えた嘉右衛門は、

「座光寺どの、そなたが世に打って出る機会は早晩到来致す。そのために長崎滞在中に見聞を広めなされ。それには伝習所剣術教授方は自由が利く、奉行の川村修就《かわむらながたか》どのにも伝習所総監永井《ながい》どのにもそれがしの意は伝えておる。長崎奉行所にも伝習所にも縛られることなく行動なされよ」

　と藤之助にお墨付きを与えた。

「はっ」

「お役料じゃが座光寺家に届けさせる」

「ご配慮有り難うございます」

嘉右衛門は藤之助を高島町《たかしままち》へと導き、その町内でも一際《ひときわ》豪壮な屋敷の前に足を止めた。

嘉永《かえい》六年(一八五三)、露西亜《ロシア》のプチャーチンと交渉のため長崎入りした川路聖謨《かわじとしあきら》は、

「町年寄の宅前を通るに大名の如《ごと》し、大に驚く」

と日誌に書きとめた。

高島町の高島了悦家の門前は巨岩を土台にして豪壮な門を築き、門番が出入りする者に目を光らせていた。

「これは陣内様」

門内から町年寄高島家の用人が飛んで出てきた。

「集まっておられるか」

「七人の町年寄、月番乙名《つきばんおとな》顔をすでに揃《そろ》えてございます」

「案内を願おう」

嘉右衛門の言葉は幕府を代表する威厳があった。

二人は乳鋲《ちびょう》を打たれた大きな門を潜り、屋敷へと入った。玄関も大名家と等しいほどに大きく、玄関の横手には海外からの物品を検査する広い板の間、目利き部屋があった。その造り、意匠、単純にして豪壮だった。

藤之助は数年前に川路が驚いたと同じ光景に、長崎の支配階級の富裕さに目を見張った。

「座光寺どの、しばらく控え部屋で待ってくれぬか。その後、そなたを町年寄らと顔合わせさせる」

と嘉右衛門が命じ、高島家の用人が藤之助をまず控え部屋に案内しようとした。

「陣内様、用人どの、お許し頂くなれば、高島家の屋敷や庭などを拝見したいのですが」

藤之助の言葉に嘉右衛門が用人を見た。

「うちは一向に構いませんがな」

「ならば散策させて貰おう」

用人が嘉右衛門を案内して奥座敷へと姿を消した。

藤之助は開け放たれた目利き部屋を覗《のぞ》きながら高島家の広壮な庭に入っていった。

母屋も蔵も庭も独特な町家造りだった。武家の屋敷と南蛮の造りを合体したようですべてが物珍しかった。

南蛮風の石組の楕円形の池を奥へと進むと鬱蒼《うっそう》とした竹林の向こうから鈍い音が断続的に響いてきた。

藤之助はその音に惹《ひ》かれて竹林を潜った。するとなまこ漆喰《しっくい》の長屋のような建物が見えた。

くぐもったような音はそこから断続的に響いてきた。

格子戸が僅《かす》かに開いているのを見て藤之助は歩み寄り、隙間《すきま》から中を覗いた。

頭を束髪にして後ろで布で結び、白い南蛮の衣装に身を包んだ女が銃身の長い銃を片手に構えて、半身の姿勢で射撃をしていた。

引金が絞り落とされるように間隔を置いて引かれると銃口から、

ぱあっぱあっ

と硝煙が上がった。

微動もしない女の姿勢は、射撃の腕前がなかなかであることを示していた。

藤之助が驚きを以《も》って眺めていると銃口がゆっくりと巡らされ、格子窓に向けられた。

「だれなの」

「相すまぬ、邪魔を致すつもりはなかった」

「こちらへ」

と女が命じた。

藤之助はなまこ漆喰の壁を回り、厚い板戸が嵌《は》められた入り口から中に入った。すると幅三間余、長さ十五、六間の矢場、いや、射撃場がそこに広がっていた。丸い的が並ぶ土塁には天井に切込まれた窓から光が落ちていた。

藤之助は女を見た。

白く、抜けるような肌をした女は若い娘だった。その肌、神秘的にも深みを帯びた目の色、整った風貌、しなやかな容姿は娘に異人の血が流れていることを示していた。

銃口が藤之助をぴたりと狙っていた。左利きのようで短筒は左手に保持されていた。

「手を懐から出しなさい」

藤之助は懐に入れていた素手を出して見せた。

「邪魔をするつもりはなかった」

再び藤之助が詫びると構えていた銃をかたわらの卓の上に置いた。そこには革張りの箱に入れられた何丁もの銃が置かれていた。そのどれもが凝《こ》った造りで銃把《じゅうは》には象牙が使われ、銃身には象嵌《ぞうがん》が施されてあった。

「弾丸は入ってないわ」

銃弾が装塡されていないことを告白した。

「なにに使う短筒かな」

「西洋の貴族たちが射撃遊技や決闘に使う銃よ」

娘は新たな銃を取り上げると十五、六間先の土塁の前に並ぶ円形の的へと銃口を向けた。左手が真っ直ぐに伸び、半身《はんみ》に構えた顔が銃身の先の的を睨《にら》んだ。

端正な顔立ちが一気に引き締まり、紅潮した。

ばーんばーんばーん！

銃声音が響いて、藤之助の鼓膜を振動させた。

立て続けに数発の銃弾が発射され、的の中心近くに集弾したのが藤之助にも分かった。

「驚き入った腕前かな」

藤之助は素直に驚きを口にした。

「あなたも懐に飛び道具を隠しているわね、見せなさいよ」

「短筒など持たぬ」

懐から取り出したのは使い込んだ小鉈《こなた》だった。

「幼少の頃から山歩きにも川遊びにも持参した道具だ」

「それでは的は撃てないわね」

娘が藤之助に挑みかかるように言い放った。

「さてのう」

藤之助は娘の横に立つと右手に鉈の柄を摑《つか》んだ。

的は小さく、遠かった。

鉈を的に重ね合わせた藤之助は大きく肩の後ろへと引いた。

ええいっ！

藤之助の口から裂帛《れっぱく》の気合いが洩《も》れて、小鉈が虚空へ投げられた。くるくると回転しつつ、緩やかな弧を描いた小鉈は娘が銃弾を的中させた的の真ん中に、
ぐさり
と刺さると、
ぱあん
と乾いた音を響かせて的を二つに割り飛ばしていた。

「お見事！　さすがに若くして伝習所の剣術教授方を仰《おお》せ遣《つか》った座光寺藤之助様だわ」

「そなた、それがしのことを承知か」

「長崎では情報は一瞬にして伝わるの。あなたが唐人ども二十人を相手に一人で叩《たた》き伏せたことや佐賀藩千人番所の腕自慢をあっさりと打ちのめしたこともよ」

「そなたは」

「高島玲奈《れいな》」

と高島家の家族であることを明かした。

「話は大仰《おおぎょう》に伝わるものだ」

「そうかしら、長崎では確かな情報しか伝わらないわ」

「その他、それがしについてなにを承知かな、玲奈どの」

「座光寺藤之助様を暗殺することに執念を燃やしておられる女性《にょしょう》がおられることかな。なぜそのような恨みを抱かれたのかしら、その昔、互いに愛し合っていたとか」

玲奈が藤之助の表情を探るように言った。

「さてそのような艶っぽい出来事に心当たりはない」

「そのうち必ず座光寺藤之助様の前に姿を見せるわ」

玲奈がご託宣し、藤之助は的に向かって歩いていった。

的を二つに割った小鉈は土塁に突き立っていた。それを手に玲奈の下へと戻ると、

「見せて」

と手を差し出した。

銃を扱うには華奢《きやしや》と思える掌《てのひら》に小鉈を載せた。

重さを量るようにしていた玲奈が、

「これを十五間先の的に投げて命中させるなんて」

と驚きの表情で藤之助を見た。

目鼻立ちの一つひとつがかたちよく整い、白い肌と相俟《あいま》って神秘的な風貌を形作っていた。吸い込まれるような目の色は青みがかり、遠くから長崎にやってきた先祖の血を想像させた。

小鉈を卓の上においた玲奈が銃身の長い銃を差し出し、

「拳銃を撃ったことはおあり」

と訊いた。

「ないな」

「試してご覧なさい」

玲奈は藤之助に西洋の貴族が射撃遊技や決闘に使うという銃を持たせた。

ずしりと掌に重さを感じたが、銃把の感触はしっくりと藤之助の掌に馴染《なじ》んだ。

「手は銃身と一直線になるように伸ばし、銃の先端の照星と的とを合わせなさい。引金は指に力をかけないでゆっくりと絞るように落とすの。一発撃ったら、この撃鉄を起こして呼吸を整え直してから撃つの。急ぐことはないわ」

玲奈は藤之助の腕の位置を直し、引金にかかる指の場所を変えた。

構えてみると銃の重さがなんとも手に馴染んだ。

藤之助の鼻腔にえもいわれぬ香りが玲奈から漂ってきた。

「無念夢想は、あなたのお得意でしょう」

玲奈が言った。

藤之助は玲奈を真似《まね》て片目を瞑《つむ》り、照星と的を重ねた。

心を鎮めて引金を絞った。

長い銃身の先端が跳ね上がり、銃弾は土塁のはるか上に消えた。

「引金に力が掛かり過ぎているわ。もっと優しく」

藤之助は心を鎮めるために一度銃を下し、両眼を閉じて呼吸を整えた。雑念を消した、射撃に集中した。
静かに目を見開き、射撃の構えに戻した。
片目を瞑り、照星と的を重ねた。
明鏡止水、朝顔の葉から露が時を得て転がり落ちるように引金を絞った。
ずーん
腕に心地よい響きが走り、糸を引くように飛んだ銃弾が的の中心の右横に当たった。
二発目は中心の上方にそれ、三発目は中心に当たった。
ゆっくりと硝煙をくゆらせる銃口を下げた。すると、
ぱちぱちぱちぱち
と拍手が響いた。
「さすがに剣術の名人だわ。この分なら射撃も直ぐに上手になるわよ」
藤之助は衝撃を受けていた。
短筒という正確無比に十五間先の的に連続して発射される装備にだ。
(これが西洋か)
「驚き入った次第かな」

「それをいうのは玲奈の方よ」

戸口に人影が立ち、用人が姿を見せた。

「こちらでしたか」

「銃声に誘われ、屋敷の奥へ邪魔しに入った」

「玲奈嬢様、座光寺様に射撃を教えられましたか」

「教えるよりも飲み込みが早いの。そのうち長崎一の拳銃遣いが誕生するわよ」

「阿蘭陀商館一鉄砲の名手、ライケン様と渡り合えますかな」

「数ヵ月後には間違いなく好敵手になられるわ」

「玲奈どの、お会いして楽しかった」

「私もよ」

藤之助はその場に玲奈を残して射撃場を出た。

二

格天井《ごうてんじょう》の下に巨大な円卓が置かれ、陣内嘉右衛門らと十数人の長崎町年寄、乙名らが椅子に座って、藤之助を見ていた。

調度品はどれも異国のものだった。

卓上にはぎやまんの瓶が何本か立てられ、脚付きのぎやまんの器には赤い南蛮酒らしきものが入れられていた。

酒を酌み交わすということは用談が済んだということか。

「座光寺藤之助為清《ためすが》にござる、お呼びに従い参上仕《つかまつ》った」

「偉丈夫かな、異人とも互角の身丈にございますな」

と主の高島了悦が満足そうな笑みを浮かべた。初老の了悦の風貌には玲奈を想像させる端正さがあった。

「了悦どの、体付が大きいだけではない、肝もたっぷりと太い」

と応じた嘉右衛門が豆州《ずしゆう》戸田湊《へだみなと》で黒蛇頭《くろじやとう》老人陳《ちん》の持ち船の一隻の賭博船に単身乗り込み、副頭目の廷一渕《ていいちえん》を斃《たお》した上に船を沈没させた事件を語った。

「お一人で唐人の賭博船を沈められましたか」

「高木彦右衛門どの、あやつらが驚き騒ぐ光景をそなた方に見せたかったな。雷雨の中、大砲が無闇に撃たれ、唐人船が横倒しになった。それがしもほうほうの体で海に逃れ申した」

と嘉右衛門が苦笑いした。

「老陳が怒るはずだ」

と後藤宗太郎が満足そうに笑った。

長崎会所と黒蛇頭は敵対関係にあるのか、同盟関係にあるのか藤之助には見当がつかなかった。ともあれ江戸で考える以上に国際関係は錯綜していると思えた。

「老陳の持ち船はときに長崎沖に入るか」

「昼間は近付きませんが夜になると唐人屋敷と連絡を取り、抜け荷を揚げていることは確か」

と嘉右衛門の問いに高島了悦が答え、

「勝麟様方が襲われたそうにございますが、まず老陳支配下の者にございましょうかな」

「それをまた座光寺様が叩き伏せられた。老陳の面子《メンツ》は豆州戸田湊と長崎、重ね重ね泥に塗《まみ》れた。老陳も名うての黒蛇頭の頭目、早々諦《あきら》めるわけにはいきますまい。この勝負なかなか見物にございますぞ」

と七人の町年寄とは違った恰好《かっこう》の、精悍《せいかん》な顔の男が言い出した。

「江戸町、そう面白がってもいられまい。座光寺どのを老陳の手の者に斃させるわけにはいかぬでな」

と嘉右衛門が釘を差し、

「ともあれ、それがしが長崎を不在にする間、座光寺どのの面倒をそなた方にお願い申す」

「陣内様のお頼み、長崎会所がしかと引き受けました」

と高島了悦が胸を叩いたついでに、

「だれか新しき酒と酒器を」

と声を張り上げた。

まず男衆によって円卓に椅子一脚が運ばれてきた。藤之助は藤源次助真《とうげんじすけざね》を円卓に立てかけ、座した。

藤之助の前に酒器が置かれ、新しい瓶の栓が抜かれて赤い酒が注がれた。一同の器にも酒が満たされた。

「座光寺様、伝習所剣術教授方ご就任おめでとうございます」

と高島了悦が音頭をとり、藤之助が目礼で答え、酒が干された。

「これで座光寺様は長崎会所と助けたり助けられたり、運命をともにする定めと相なりました。長崎滞在中は英吉利《イギリス》軍艦であれ、黒蛇頭であれ、早々簡単に座光寺様に手は出させませせぬ」

高島了悦が請合い、一同が頷いた。

そのとき、廊下に新たな人影が立った。先ほどの白の長衣から華やかな異国の衣に着替えた玲奈だった。

「爺様、長崎が座光寺様を助けるより座光寺様に長崎が助けられることが多いと玲奈は見ましたわ」

「玲奈、そなたは座光寺様を、いや、その腕前を承知か」

「射撃場に姿を見せられたので英吉利《イギリス》の鉄砲職人が手造りした射撃銃の撃ち方をお教え致しました。座光寺様はあの長い銃身の射撃銃の撃ち方のコツをあっさりとものになされました。剣の達人とお聞きしましたが、一芸に秀でたお方は空恐ろしゅうございます」

ほうっ！

と了悦が訝《いぶか》しそうな表情を見せて玲奈と藤之助を交互に見た。

「そなたが初めて会った人物をこれほどまでに褒《ほ》めるとは珍しきかな」

「玲奈は人を見る目を持っておるつもりです、爺様」

「そなたの目が正しければ長崎会所は得がたき味方を得たことになるな」

「そのうち爺様方も座光寺様を敵に回さずによかったと考えられるときが必ず参りま

す」

嫣然《えんぜん》と笑った玲奈が長崎を動かす町年寄、乙名が顔を揃える座敷から姿を消した。

高島屋敷からの戻り道、嘉右衛門と藤之助には連れが一人あった。日焼けした精悍な顔の人物だった。

豪壮な門を出たところで嘉右衛門が、

「座光寺どの、長崎の頭分《かしらぶん》は七人の町年寄じゃが実際に交易を動かし、きりしたんの布教を取り締り、治安を仕切るものは、この椚田太郎次《くぬぎだたろうじ》どののような乙名である。乙名の頭分、江戸町の惣町乙名《そうちょう》はそなたにとって大切な人となろう」

と紹介した。了悦に、江戸町と単に呼ばれた男だった。

「昵懇《じっこん》のお付き合いを願います」

藤之助が頭を下げると、

「玲奈様があれほど入れ込まれるとは藤之助様の腕前を見たいものですな」

と三十二、三か、男盛りの惣町乙名が笑った。

「お近付きになった印に座光寺様のお耳に入れておきましょうか。われら、乙名には三種類がございます。私のような乙名が各町内に一人ずつ七十七人おりまして、町内の面倒を一手に引き受けております。七十七町の乙名の上に惣町乙名がおりまして、当初、乙名から選挙で選ばれた惣町乙名は元禄《げんろく》（一六八八〜一七〇四）以降世襲になりました。うちも私で八代を数えます。二つ目の乙名は丸山町、寄合町《よりあいまち》の遊里を司る、二人の乙名です。さらに三番目に唐人屋敷を取り締る二人、阿蘭陀人の居留地の出島を仕切る乙名が四人おります。この各乙名の下に組頭、日行使《にちぎようじ》、筆者などがおりまして乙名を補佐致します。乙名の下には丸山町の遊里の出来事も唐人屋敷の動きも入って参ります。ということは私どもの言動も先方に伝わるということですがな」

と笑った太郎次が、

「長崎の事情も亜米利加《アメリカ》東インド艦隊の来航以来、大きく変りました。長きにわたって出島や唐人屋敷に押し込められていた阿蘭陀人、唐人を町に出さざるをえなくなりましたし、この二つの国以外の列強は長崎の町にいろいろと偽装して出先機関を設けております。丸山町の一角に模様替えした遊郭、紅梅楼《こうばいろう》がございますが、この見世、老陳と繋《つな》がるともいい、英吉利国、或いは亜米利加国の意を汲《く》んだ妓楼《ぎろう》とも申します」

太郎次は長崎を知らぬ藤之助に長崎の特異な事情を飲み込ませようとしてか、町制から遊里へと話を広げた。

「妓楼が異国の出先を務めますので」

「座光寺どの、女と酒があるところ男というものはつい気を許すでな、情報の宝庫といえなくもなかろう」

と嘉右衛門が説明した。

「座光寺様、近々紅梅楼にそなた様をお招き致します。その折はお断りなされますな」

「なんぞ紅梅楼は曰《いわ》くがございますので」

「長崎の遊里の中で異国風を取り入れた最初の妓楼にございます。じゃが、座光寺様には女主《おんなあるじ》にご関心がございましょう」

「女主とな」

「江戸から逃れてきた女でしてな、座光寺藤之助様と関わりがある女やも知れませぬ」

「それがしが関心を寄せる女は、おらんという名の女です」

「この女、正体が曖昧《あいまい》としておりますが、確かに名はおらんと聞き及びました。座光寺様が追われるおらんとはどのような女ですな」

「江戸を襲った昨年の大地震の夜まで吉原の妓楼稲木楼《いなきろう》の抱え女郎、瀬紫《せむらさき》と名乗り、勤めに出ておりました」

「ほう」

「阿鼻叫喚の最中、地獄絵図をものともせず妓楼の金蔵から八百四十余両を強奪して吉原を足抜けした女にございます」

「女郎一人でようも大胆な振る舞いを致しましたな」

藤之助はしばし考えた上で太郎次に真実を知っておいて貰うことにした。長崎で暮す以上、世話になると思ったからだ。

「瀬紫は座光寺家の先代、左京為清《さきょうためすが》様と馴染みだった吉原女郎にございまして、地震の夜に二人して大金を盗んで吉原を逃散しております」

太郎次が藤之助の顔を見た。

「太郎次、詳しくは話せぬ。不始末を仕出かした左京為清は座光寺家に養子に入った者じゃが騒ぎを起こした直後、密かに始末された。ただ今の座光寺家当主、この藤之助どのは家定《いえさだ》様もお目見《めみえ》の上、座光寺家の十二代藤之助為清どのと正式に認められた方だ、怪しき人物ではない」

嘉右衛門の話に太郎次が頷いた。

「座光寺家の内情を知り、さらには逃走中に実父、実兄を殺した瀬紫ことおらんはこの世に生きていてはならぬ女にございます」

「座光寺家のみならず、吉原にとっても幕府にとってもな」

藤之助の言葉を嘉右衛門が補った。

「いよいよ興味深いことでございますな」

「太郎次、その女、毎夜紅梅楼に出ておるのか」

「紅梅楼は異人相手の妓楼にございます。女主の姿を見た和人はおりませぬ」

「それでようも妓楼の主が務まるな、噂ばかりで実際はおらぬのではないか」

「いえ、紅梅楼の流行《はやり》ぶりと奉公人の勤めぶりを見るに主がいなくて出来る商いではございませぬ。われらの前に姿を見せぬだけで、どこぞの闇に潜んで長崎に睨《にら》みを利かせていることは確かです」

「太郎次どの、紅梅楼へそれがしをご案内下さると申されるか」

「座光寺様の知り合いの女狐かどうか確かめて参りませぬか」

「ぜひお願い申す」

太郎次が頷き、

「ほれ、ここがわっしの家です。伝習所からも遠くはございません、時にお遊びに来て下さい」

と大波戸に向かって間口十五、六間はありそうな二階屋を指した。

看板には、

「長崎惣町乙名柙田太郎次」

と書いてあった。

「連絡をお待ち致す」

「そうお待たせすることはございますまい」

太郎次の家の前で分かれた二人は長崎奉行所西役所に向かった。

「これで此度の御用はほぼ済んだ。明日にも長崎を出立《しゅったつ》しようと思う。屋敷に宛てて手紙というのであれば今晩じゅうに用意なされよ」

「手紙はすでに用意してございます。過日、小さき物なれば品も預かると申されましたが道中迷惑ではございませぬか」

「船が運ぶのじゃあ、構わぬ」

嘉右衛門は江戸に直接に戻るようだと藤之助は推測した。

「ならば福砂屋のカステイラを養母《はは》に食べさせとうございます。これより購《あがな》って参ります」

「養母どのにカステイラをな、その親孝行に免じて預かろう」

と笑みを浮かべた嘉右衛門が快く承知し、藤之助は船大工町へと引き返すことになった。

その夜、夕餉《ゆうげ》の後に藤之助が養母お列に宛てた荷を包んでいると酒井栄五郎や一《ひとつ》柳《やなぎ》聖次郎《せいじろう》ら候補生が姿を見せた。

「藤之助、スンビン号の乗り心地は帆船とまるで違うぞ」

栄五郎が興奮の体で報告した。

「そなたらが出船していくのを大波戸から見ておった。どこまで参ったな」

「伊王島《いおうじま》沖十数海里まで百五十馬力の機関が難なく運んでいきおったわ」

聖次郎も異国の造船技術を体験して言葉もない様子だ。

「備砲五門の砲術も見せてもろうた。火薬の力で鉄の玉が空中に発射される度に肝を冷やした。もはや和船や槍の時代は、終わったとつくづく感じさせられた一日であった」

栄五郎らの興奮は止まるところがない。

「どこぞに荷を送るのか」

「陣内様は明日にも長崎を発たれるそうな、手紙を預かってもよいと申されたゆえ用意しているところだ。どうだ、そなたらも屋敷に宛てて文を書かぬか」

藤之助の誘いに栄五郎が、

「連絡ないのは元気の印だ。当主のそなたと違い、それがしは部屋住みの次男坊だ。長崎から文が届けばかえってびっくり仰天致すわ」

「まあ、金の無心と間違われような」

と聖次郎も同意した。

翌朝、陣内嘉右衛門ら江戸に向かう幕臣を乗せた江戸丸が長崎湊を離れた。伝習所で講義を受けている最中の平井利三郎《ひらいりさぶろう》や栄五郎らは見送ることは出来なかった。だが、藤之助は戸田の船大工上田寅吉《うえだとらきち》の漕《こ》ぐ伝馬に同乗して長崎七十七町の外れ、古川《ふるかわ》町《まち》の沖合いまで見送りに出た。

「お元気で」

「また会おうぞ」

嘉右衛門と手を振り合って分かれた。

江戸丸は満帆に風を受けて長崎湾外へと姿を消した。

「座光寺様、江戸にお戻りになりたいのではございませぬか」

艪《ろ》を操りながら寅吉が聞いた。

「そなたはどうか、戸田湊に帰りとうはないか」

「船大工として生まれた豆州の浜で富士と海を見ながら生涯を終えるものとばかり思うておりました。それが、なぜか肥前《ひぜん》長崎くんだりまで来る羽目になりました。それもこれも時代の流れにございましょう。異国の船造りを知った今、このままじゃあ、死ねねえと思うように気持ちが変りましたよ。一日一日が驚くことの連続で里心なんて起こる暇がございませんや」

「それがしも数ヵ月前まで伊那《いな》谷で過ごしていた山猿じゃあ、それが大地震のせいで江戸の屋敷に呼ばれ、今は長崎におる。そなたが申すとおり時代のせいであろう。ならばとことん異国というものに付き合うてみたいと思い始めたところだ」

寅吉が頷き、

「座光寺様、なぜ、わっしの故郷の戸田湊なんぞに参られましたので」

と聞いた。

「一人の女を追ってのことだ。とは申せ、艶っぽい話ではない」

差し障りのないところを掻《か》い摘《つま》んで寅吉にも話した。

「なんとあの大地震の夜にそのように荒業をやりのけた女郎がおりましたか。それで

た。

「なんとねえ、戸田湊に老陣の船が出入りしていましたか」

「老陣は長崎にも関わりを持っているそうだな」

「へえっ、あやつらは夜中に動きますすんで、堅気のわっしらとは縁がございません。ただ、数日前に老陣の船は長崎を出たという噂です」

伝馬はゆっくりと大波戸に戻っていた。

「座光寺様、戸田湊ではどこに寝泊りなされておりましたな」

里心などないといった寅吉が聞いた。

「土橋のお馬の網小屋に厄介になっていた」

「土橋のお馬か。長崎で懐かしい名を聞くものだ」

「小さな湊だ、知り合いであって不思議はないな」

「亭主がわっしの造る船に乗っていましたよ。嵐の夜に駿河灘に漁に出て大波食らって死にやがった。こんな時代が来たんだ、生きていて見るがいいじゃないか」

戸田湊で会いましたかえ」

「一瞬だが会った」

黒蛇頭の副頭目廷一渕の情婦となっていたおらんとの出会いと別れを寅吉に告げ

と寅吉が呟《つぶや》いた。

寅吉の伝馬が大波戸に着くと藤之助は船着場へと飛び上がり、

「寅吉、奉行所の道場がそれがしの住まいだ。いつの日か、戸田湊の話でもしながら酒でも酌み交わさぬか」

「そのうち、一升提げて伺いますぜ」

と寅吉が笑みで答え、伝馬を造船場へと向けた。

(昼餉《ひるげ》をどうしたものか)

と思案していると若い衆がすうっと近寄ってきた。

「剣術教授方座光寺様にございますな」

「いかにも座光寺藤之助じゃが」

「とある人にある場所までお連れしろと命じられたのでございますが、ご一緒して頂けますか」

藤之助は若い衆の風体を見た。なにか曰《いわ》くがあっての呼び出しだろうが、若い衆には不審は感じられなかった。

「どなたか知らぬがお招きうけようか」

「有り難う存じます」

若い衆が藤之助を導くように歩き出した。

三

若い衆は藤之助を唐人屋敷のある十善寺《じゅうぜんじ》郷の南東、裏手にある稲荷社の境内に連れていった。

馬の鞍《くら》に横座りした高島玲奈が光沢のある、ふわりとした異国の黒衣を身に纏《まと》い、つば広の帽子の後ろに飾り布を靡《なび》かせ、足には革長靴を履き、手に鞭《むち》を持って待っていた。その傍らに空の馬がもう一頭いた。

二頭とも土産《どさん》馬ではなく、脚が細く、馬体の大きな南蛮馬であった。

「お待たせ申したか」

「私だと見当がついたの」

「長崎で誘いを受けるとしたら、そなたくらいしか思い付かぬでな」

玲奈が玉のように声を響かせて笑った。

「野駆けよ、ついてきて」

藤之助は玲奈から投げられた手綱を片手で受け取ると、

ひらり
と馬の鞍に跨《また》がった。

「陣吉《じんきち》、戻っていなさい」

と若い衆に命じた玲奈が、
ぴしり
と馬に軽く鞭を当てた。

馬は玲奈の意を理解したように稲荷社裏の山道へと駆け上がっていった。

藤之助も馬腹を蹴って後に続いた。

玲奈は南蛮馬の扱いが巧みだった。馬術も阿蘭陀人に教えを受けたか、馬にかける言葉も藤之助には理解の及ばないものだった。

二人は樹間から長崎湾が見え隠れする山道を縫うように馬首を操り、尾根《おね》に出た。

さらに尾根伝いに南に走らせ、時には谷へと馬を下らせ、細流に水飛沫《みずしぶき》を上げて渡らせ、さらに人里離れた野原から雑木林の斜面へと分け入った。

藤之助にはどこへ玲奈が向かおうとしているのか推測もつかなかった。

ただ、黒い服の裾が風に艶やかに広がり、つば広の帽子から束ねた頭髪が乱れて靡くを見ながら、ひたすら後を追った。

項《うなじ》から汗が飛び、芳しい香りが風に漂った。

二頭の馬は再び山道を下った。すると小さな入り江が見えて、網小屋が数軒肩を寄せ合うように建っているのが見えた。

玲奈は止まらない。さらに入り江を巡って西に向かい、岬の突端に出るとようやく手綱を引いた。

「税ノ浦よ」

税ノ浦がどこか分からないまま藤之助も、

「どうどうどう」

と馬を停止させた。

「伊那谷では馬も乗るの」

「われら座光寺一族は戦場往来の気風を今に伝える武士《もののふ》でな、軍馬から農耕馬となんでもこなす」

二人の眼下に長崎湾口が広がり、対岸には天狗嶽《てんぐだけ》が、南には伊王島らしき島影の一部も見えた。

藤之助は馬を降りた。

玲奈が連れてきたかったのはこの場所と思えたからだ。

赤い花を咲かせた山椿《やまつばき》の老木の枝に手綱を結んだ。すると花が二つ三つ散り落ちた。

藤之助は玲奈の手綱を受け取ろうと手を差し出すと、

「異国では婦人が馬を降りるとき、殿方が助け降ろすのよ」

と両手を広げて命じた。

「それがしに抱えて降ろせと申されるか」

「おいやかしら」

玲奈は一人で降りる気か鐙《あぶみ》に片足をかけた。

「ごめん」

と言葉を発した藤之助が鞍上から飛び降りる玲奈の体を両腕に受け止めた。上体にぴったりとした黒衣を通して玲奈の肌の温もりと鼓動も伝わってきた。鼻腔に玲奈の匂いが漂ってきた。

玲奈が軽く藤之助の首に片手を巻くと、

ぽーん

と腕から飛び降りた。するとふわりとした黒衣の裾が広がった。

「座光寺藤之助、少しばかり和国の男とは気風が違うわね」

と笑いかけた玲奈は鞭を鞍に差込み、鞍から垂らされた革鞄の蓋を開けて遠眼鏡《とおめがね》のようなものを取り出した。革鞄は鞍の両側に垂らされていた。すべて異国の馬具だった。

「異国の船乗りが使うものよ、双眼鏡というの」

玲奈は税ノ浦の突端へと歩いていった。

林の間に一ヵ所だけ岩場が聳《そび》え、玲奈は身軽にもぽんぽんと飛んで頂に立った。

岩場に立ったせいで玲奈の長身がさらに高く見えた。

藤之助は玲奈の馬を藤之助が乗ってきた馬のかたわらに繋《つな》ぎ止め、岩場によじ登った。

玲奈は双眼鏡の筒を片手の指先で調整しながら、漏斗《ろうと》のように窄《すぼ》まった長崎湾の対岸を眺めていたが、

「いたわ」

と双眼鏡を固定させた。

藤之助は双眼鏡の先を見た。

おぼろに漂う春霞《はるがすみ》の海の先に稲佐《いなさ》から湊境の神崎《こうざき》ノ鼻《はな》まで対岸が横に大きく広がって見えた。

玲奈が見ている場所は鋸《のこぎり》の刃のような断崖だった。凹凸のある崖にいくつかの入り江が口を開けていた。その一つの入り江の奥に異国の蒸気船が停まっているのが確かめられた。だが、肉眼ではそれ以上見わけることは出来なかった。

「国旗は揚げてないけど、亜米利加国の砲艦ね」

玲奈がふいに双眼鏡を外して藤之助に差し出した。藤之助は、

「お借りする」

と断り、玲奈を真似《まね》て双眼鏡を両眼に当てた。すると双眼鏡の覗き口についていた玲奈の汗をほのかな香りと一緒に感じとった。

筒先を玲奈が摑《つか》み、方向を転じさせた。

双眼鏡一杯に異国の砲艦が飛び込んできた。

黒く塗られた船体と何十門と装備された大砲、三本帆柱の間に見える黒々とした煙突、甲板で訓練を受ける水夫たち、どれをとっても藤之助がこれまで見た中で一番大きな砲艦だった。

「船の長さは百間か」

藤之助の呟きを聞き流した玲奈が、

「あなたに恨みを感じている女と関わりがあるウィスコンシン号よ。亜米利加の軍籍はないけど、これほどの装備では商船とも呼べないわね。いわば亜米利加国が外交交渉を有利に展開するために密かに長崎に派遣している謀略船よ」

と言い切った。

「亜米利加国というところはそのような船も持っておるのか」

「英吉利国から海を渡った人々が新しい亜米利加国を建てたのはつい最近のことだそうよ。大統領《プレジデント》とよぶ将軍の下、一気に国力をつけた大国なの。国土も徳川様が支配されるこの地の何十倍もあると聞いたわ」

藤之助は今一度双眼鏡をあちらこちらに動かして、戸田湊で別れた女の姿を探し求めた。さすがに異国の遠眼鏡でもその姿を捉《とら》えることはできなかった。

玲奈が馬に戻り、鞍の右手に垂らした革鞄から銀色に光る平らな器を取り出してきた。

「座光寺藤之助の命を狙う女の名はなんというの」

「吉原の遊女の折は瀬紫が名、ただ今は本名のおらんに戻っておる」

「なぜ藤之助様を付け狙うのかしら」

「おらんの想い人、二人をこの藤之助が斃《たお》したゆえな」

一瞬驚きの表情を白い顔に見せた玲奈が命じた。

「すべてを話しなさい、力になるわ」

「話は長くなる、お座りなされ」

藤之助は玲奈の腕をとり、岩場に座らせた。そして、自らもその場に腰を下した。

旧主座光寺左京為清と黒蛇頭の副頭目廷一渕、おらんが相愛した二人の男を斃した経緯を余すところなく玲奈に告げた。惣町乙名の椚田太郎次より以上に玲奈の助けがいると藤之助は直感したからだ。

無言のうちに話を聞いていた玲奈がしなやかな指先で銀器の蓋を捻《ね》じり開けた。すると異国酒の香りがほのかに漂った。

玲奈は酒器に口をつけると飲んだ。その器を藤之助に差し出した。飲めというのだろう。

「頂戴しよう」

玲奈が口をつけた銀器の口を少し離して喉に流し込んだ。

芳香と一緒に甘美な酒を感じた。

馬を駆けてきた二人には葡萄牙《ポルトガル》のマディラ酒がなんとも美味《おい》しかった。

「座光寺藤之助為清、風雲の時代を生きるに相応《ふさわ》しい履歴をお持ちね。主を斃してその座に平然と座る男など滅多に会えないわ」

「座光寺一族を滅ぼさぬためだ、致し方なき仕儀にござった」

「玲奈には言い訳はいらないわ」

と受け流した玲奈が、

「座光寺藤之助も一角《ひとかど》の武士《もののふ》だけどおらんさんもなかなかの女ね。老陳の黒蛇頭と亜米利加国に取り入り、江戸の吉原を足抜けした花魁《おいらん》が長崎に大きな楔《くさび》を打ち込むことが出来たなんて、遣り手だわ」

「紅梅楼の女主がおらんと思うか、だれもその正体を見たことがないというではないか」

「座光寺藤之助の話を聞いて分かったわ。おらんさんは二人の想い人を斃された悲劇から学んだのよ。あなたが伊那谷の山猿から江戸に出て変身し、さらに長崎に来て、なにかに生まれ変ろうとしているように、おらんさんもまた一介の女郎から変身しているの。今やおらんさんは老陳と亜米利加国を後ろ盾に持った。そうそう簡単に素顔は見せないわ」

「ともあれ、ただ今のところ、紅梅楼の女主がおらんという確証はない」

「おらんさんならば必ずや座光寺藤之助の前に姿を見せる」

「どうであろうか」

「あなたを長崎に連れ出した人間はだれなの」

「幕臣ゆえに命に従って長崎に下向した」

「ひょっとしたらおらんさんの差し金と思わない」

藤之助は玲奈を見た。

玲奈がふいに立ち上がった。

長崎に戻る刻限だった。

山椿を揺らして手綱を解き、玲奈の細身を抱え上げて鞍に乗せた。

「座光寺様、藤之助さん、どう呼ばれたいの」

「座光寺様と呼ばれるが今も他人が呼ばれたように聞こえる」

「藤之助、と呼ぶわ」

「構わぬ」

「玲奈と呼びなさい」

玲奈が馬首を巡らして走り出した。

藤之助も鞍に飛び乗り、玲奈の後を追った。

帰路、玲奈は別の道を通った。浜や集落を藤之助に見せながら、長崎へ戻ろうとしていた。

雑木林を抜けると雑木林と竹林に囲まれた畑作地に出た。ひょうたん形に長い畑作地の間に一本道が抜けていた。

玲奈は馬の足を緩め、藤之助と馬首を並べた。

「藤之助はなぜ伝習所に入らないの」

「願ったが断られた」

「なぜなの」

「さてのう、不向きと思われたのであろう」

玲奈が沈黙して考えていたが、

「幕府も馬鹿ばかりではなさそうね」

と呟いた。

「どういうことか、玲奈」

「座光寺藤之助を一介の船乗りにしようなんては考えてないということよ。そのうち大役が下るわ」

「さてそれはどうか」

藤之助は玲奈の手綱を絞って馬の歩みを止めさせた。

「だれぞ待ち受けておる」

藤之助は前方の竹林を見た。二人が馬を止めた場所からおよそ一丁余りは離れていた。

「いるふうには見えないけれど」

玲奈が言いながら馬具から双眼鏡を取り出した。目に当てた玲奈が視環を調整した。

その瞬間、竹林が揺れた。

馬群が飛び出してきた。弁髪《べんぱつ》の唐人たちが矛や槍や青龍刀を構えて横に広がり並んだ。

その数、およそ二十騎だ。

「藤之助、老陳の手勢とも思えない」

「どうして分かる」

「老陳なら玲奈を狙うはずはないもの」

「それがしが道を切り開こう」

藤之助は藤源次助真一剣に玲奈とこの身を託すことにした。

「玲奈を襲わないにしても私の連れを襲うなど許せぬ」

玲奈が馬具の蓋を開けて、先日試射させた銃身の長い射撃銃を出し、藤之助に一梃を渡した。

「弾倉には四発しか装塡されてない、一発も無駄には出来ないわ」

「承知した」

英吉利国の鉄砲職人が貴族のために手造りした射撃銃の銃把《じゅうは》を摑《つか》んだ藤之助は撃鉄をゆっくりと起こした。

隣では玲奈が手綱を腰に挟み、両手で別の一梃を保持した。

「玲奈、真ん中を抜けるぞ」

「藤之助、分かったわ」

「参る！」

藤之助が馬腹を蹴り、玲奈も真似た。

二頭の馬は、馬首を並べて唐人の群れへと突進していった。

それを見た唐人の頭が矛を振り、迎撃を命じた。

一丁の距離が見る見る縮まった。

藤之助と玲奈は畑作地に真っ直ぐ延びる野良道を併走し、唐人たちは畑作地に大きく広がって突進しながら、左右から野良道を走る二騎へと距離を縮めてきた。

藤之助は正面の唐人数人が連発式短筒を構えたのを目に留めた。

距離は一気に半丁に狭まった。

藤之助は銃身の長い射撃銃を片手に構え、狙いを付けた。

玲奈も両手撃ちの姿勢で狙いを定めた。

二十五間、二十間に縮まった。

藤之助も玲奈も我慢した。

唐人の操る馬群が二人を飲み込むように大きく迫った。

十五間、十四間……阿吽《あうん》の呼吸で二梃の射撃銃が火を噴いた。

銃声が重なるように響き、二人の正面から迫り来る唐人二騎が鞍から畑作地に転がり落ちた。馬も横倒しになり、それに足を取られて数頭が転がった。

藤之助と玲奈は撃鉄を戻し、再び引金を引いた。

新たな二頭が鞍の上の唐人を振り落として自ら畑作地に飛び降りた。

三発目を撃つ余裕はなかった。

藤之助は馬腹を蹴って玲奈の前に立つと長い銃身を右に振り、左に振りして道を開けさせた。

二頭は混乱する唐人の馬群を分けて竹林へと駆け込んだ。

「玲奈、大丈夫か」

「藤之助、あなたは天才よ！」

「天才なものか！」

藤之助は後ろを振り返りながら叫んだ。

竹の葉群《はむら》を透して夕暮れの光が差し込み、それが白い玲奈の顔に当たって浮かび上がらせていた。

「この銃身の長い射撃銃を二度目にして会得したわ」

「師匠がよかったのであろう」

玲奈の笑い声が響いて、二騎は竹林から長崎外れの波《なみ》ノ平《ひら》の集落に辿《たど》りついていた。

馬の足を緩めると玲奈が馬首を並べてきた。

「なかなかの銃かな」

藤之助が銃把から玲奈に差出した。

「そのうち懐に隠せる連発拳銃を贈るわ」

玲奈の顔がすうっと近付いてきて、藤之助の頬《ほお》に接吻《せっぷん》した。

「藤之助、惚れたわ」

玲奈の声が軽やかに響いた。

四

未明、長崎奉行所西役所の剣道場の正面、見所に向かい、藤之助は木刀を振り上げた。信濃一傳流《しなのいちでんりゅう》の教え、

「天竜《てんりゅう》の流れを、白根《しらね》岳を呑み込むほどに大きくとれ」

と身に叩《たた》き込まれてきた構えだった。伝承口伝はこう続く。

「太刀風迅速果敢に打ち込め、一の太刀が効かずば二の太刀を、二の太刀が無益なれば三の太刀に繋《つな》げよ」

力任せの速さと繰り返しだけを競い合う剣技の時代は遠くに消え去っていた。そこで藤之助は変幻自在の動きの秘剣、

「天竜暴れ水」

を独創した。

伝習生や千人番所の佐賀藩士らを指導することになった藤之助は、朝稽古の初めに、

「流れを、山を呑み込む」

大きな構えを取り入れることにした。

異国という進んだ軍事力、科学力を持った強国と互角に立ち向かうにはまず気構えで負けてはならないと思ったからだ。

藤之助の悠然たる構えを見習い、百数十人の門弟たちが木刀を振り上げ、動きを止めた。

「瞑目《めいもく》なされ」

藤之助の声が道場に響いた。

門弟たちが藤之助の教えに従った。

「脳裏に果てしなく続く大海原を思い浮かべなされ、次々に押し寄せる荒波を描きなされ。われら、今、浮沈の瀬戸際に直面しておる。新しき時代に立ち向かう者、志においで、気概において何人にも負けてはならぬ。大海原を、荒波を呑むほどに意気浩然たれ、泰然となされ」

藤之助を始め、門弟らがそれぞれの脳裏に思い描いた、

「激動の時代の荒波」

と対峙《たいじ》した。

四半刻後、大半の門弟たちがぶるぶると腕を震わしていた。泰然自若と構えを崩さないのは藤之助ら数人だけだ。

「止め！」

の声が藤之助から発せられ、
ふうっ
という息を吐く音が洩《も》れた。

海軍伝習所の講義を前にした朝稽古が始まった。

「江戸から若造が剣術教授方として着任」

したというので興味半分に道場に顔出しした千人番所の佐賀藩兵も藤之助の人柄と剣技に魅了されて稽古に通い続ける者もいた。だが、タイ捨流《しゃりゅう》の達人利賀崎六三郎《りがさきろくさぶろう》のように藤之助を剣術教授方として未だ認めようとはしない一派もいた。

藤之助は、

「致し方なき事、時が解決するまで待とう」

と考えて、自らの指導と稽古に没入していた。

打ち込み稽古が始まって直ぐに酒井栄五郎が、

「座光寺先生、ご指導を」

と願った。

北辰一刀流玄武館《ほくしんいっとうりゅうげんぶかん》では先輩の栄五郎も長崎に来て人前では、先生として遇してくれるようになっていた。

二人は玄武館ばりの、仕太刀と打太刀が玄妙に交代する稽古を続けた。荒い息が栄五郎の口から洩れ、足が乱れ始めた頃合、藤之助は、

すいっ

と竹刀を引いた。

栄五郎は礼もそこそこに壁際によろめいていき、ぺたりと腰を落とした。

「どうした、栄五郎」

「打ち込み稽古で汗を流せば胸の中のもやもやも晴れるかと思うたが、なかなかうまくはいかぬな」

「もやもやとはなんだ」

「藤之助、そなたは運がよいぞ。阿蘭陀人教官の阿蘭陀語を聞き続けてみよ、耳の中はがんがんする、胸はもやもやする。近頃では教場に入るだけで頭痛がするほどだ」

辺りに人がいないのをみた栄五郎がいつものように仲間同士の呼び捨てで応じた。

「栄五郎、異国の進んだ学問を習得しようというのだ、そう簡単にいくものか」

「そなたは気楽でよいわ」

「栄五郎、望んでも教場に入れて貰えぬ者もいるのだ、おれのようにな」

「なにっ、そなた、伝習所の講義を受けたいか」

「永井総監と陣内様に願ったがにべもなく断られた」

「それは初耳、おれと代わってやってもいいぞ」

「栄五郎、最初からすべてを理解しようと思うと頭痛も出よう。一日一日少しずつ頭に飲み込ませよ。そなたらの双肩にわれらの未来がかかっておるのだからな」

「われら、そなたが申すように浮沈の時代を生きておるらしい。まあ、頑張る」

栄五郎は道場の床から立ち上がった。

朝稽古が終わる刻限、道場に小者を連れた奉行所同心が姿を見せた。藤之助の傍に真っ直ぐに歩みきた同心が、

「長崎奉行所異人探索方新内澄之助《しんないとうのすけ》にござる。さすがに北辰一刀流の稽古はきつうございますな」

とどこかから稽古を見物していたのか、そう言った。

「伝習所は講義、千人番所はお役目と後に控えた上での稽古ゆえ、余力を残しておかねばなりませぬ。本来なれば今の倍は稽古時間を頂きたいのですが」

「今の稽古でも講義の最中に居眠りするものも出ておるそうです」

と苦笑いした新内が、

「座光寺どのを過日襲った唐人ですがな、老陳の手先ではなかろうと思います。老陳の船は長崎を七日も前に離れております。あやつらは、だれぞに金子で雇われた輩ですよ。長崎にはそのような連中が数多く入り込んでおりますからな」

と説明した。船大工の寅吉も玲奈も老陳の船が長崎を出たことを示唆していた。これで確かめられたことになる。

「あの者どもを雇った者の推測はつきますか」

「なんとのう頭に浮かんだ人物はございます」

「座光寺どのと江戸以来の因縁の女狐の命《めい》という噂が流れておりますが、真偽のほどは未だ分かりませぬ」

「造作をかけましたな」

藤之助は新内に礼を述べた。

「なんの」

と応じた新内は伝習所の講義に備えるために道場から早々に姿を消す門弟たちに視線を預けていたが、

「今一つ余計なことですがお耳に入れておきます」

「なんですかな」

「千人番所の一部の者が座光寺どのの命を狙っておるとの情報がございます」

「利賀崎六三郎様にございますか」

「座光寺どの、利賀崎どのが大勢の前でそなたに打ち据えられるという醜態に佐賀藩の重臣方が怒っておるとか。佐賀から急遽《きゅうきょ》腕利きが呼ばれるとか、呼ばれたとか、そんな噂が流れております。座光寺どのなれば不覚はとられますまいが用心に越したことはない」

「御忠告肝に銘じておきます」

頷いた新内が道場を出ていった。


その夜、藤之助は江戸町惣町乙名の椚田太郎次に呼ばれて初めて丸山遊郭へと足を踏み入れた。

長崎の遊郭の歴史は古く、天正《てんしょう》以前から今紺屋町《いまこうやまち》、新高麗町《しんこうらいまち》、大井手町《おおいでまち》、今石灰町《いましっくいまち》、古町《ふるまち》などには町人や船頭を相手の女郎屋が細々と商いをしていた。

だが、丸山が諸国にその名を知られるようになったのは、博多《はかた》須崎浜柳町の遊女屋

恵比須屋の主が抱えの遊女を連れて、古町に乗り込み、傾城《けいせい》（遊女）町を新たに作ったことが発端といわれる。『長崎土産』にも、

「抑当地遊女の初は、筑前博多よりわづかにうつしもて来て、今百年によほどたらざるよし。古の女郎町は今のふる町といへる所なり」

と伝えられている。かように土地の女郎と博多から移り住んだ遊女たちが古町界隈に集まり、新しい長崎の傾城町を築いていったのである。

長崎の遊里を遊里たらしめたのは蘭人と唐人貿易によってもたらされる珍奇な物品の輸入であり、そこから上がる巨額な利益であった。

長崎口の品を求めて江戸、上方、西国の大商人が長崎に集まり、夜な夜な接待に明け暮れた。

遊里丸山は全盛期には遊女屋七十七軒、遊女七百六十六人という記録も残されるほどの繁盛ぶりであったという。

長崎の遊里の浮き沈みは唐人交易、蘭人貿易の盛衰とともにあった。

正徳新令による唐人船と阿蘭陀船の制限、さらには市内散宿であった唐人らを出島の阿蘭陀人同様に限られた区画に封じ込める企てなどで、丸山は段々と衰微に追い込まれていく。だが、遊女たちの商いが閉ざされたわけではない。

唐人屋敷の禁令の一条に、
一、傾城の外女入事
と素人女の出入りを禁じた項があったように、出島も唐人屋敷も傾城であれば出入りすることが出来た。

藤之助は長崎独特の匂いが漂う丸山の一角に新たな遊女屋の看板を掲げた紅梅楼の玄関に立った。

「おや、江戸町の太郎次様ではございませぬか」

番頭が揉み手をしながら、二人を迎えた。

「助蔵《すけぞう》さん、客人を連れてきたんだ」

「それはどうも御贔屓《ごひいき》に」

と頭をぺこぺこ下げた番頭の助蔵が、

「どちらの若殿様にございますか」

と太郎次に聞いた。

「助蔵さん、噂に聞いたことはないかな。海軍伝習所の剣術教授方として江戸から着任なされた座光寺藤之助様だ」

「えっ、この方が評判の達人ですか、お若いですな」

「腕前は北辰一刀流玄武館の折り紙付だ、今宵《こよい》は顔つなぎにご案内申し上げたんだ」

「惣町乙名、どうぞお座敷に」

と二階座敷に案内しようという番頭に、

「助蔵さん、この太郎次もこちらの女将《おかみ》の尊顔を未だ拝したことがない。ちょうどよい機会だ、座光寺様ともどもご挨拶申し上げたい、座敷に呼んでくれないか」

と太郎次が伝えると、

「座光寺様、うちの女将さんですが、人前に出るのが苦手でしてねえ」

「遊女屋の女将だよ、そうお高く留まっていちゃあ、長崎で商いはできまいよ」

と釘を差した。

「帳場で相談申します」

助蔵は女衆に二階座敷の案内を命じると帳場に姿を消した。

二階座敷のあちらこちらから異国の言葉と一緒に楽器の調べが流れてきた。出島や唐人屋敷に押し込められていた阿蘭陀人も唐人ももはや公然の秘密となって押し寄せる英吉利人もが遊里に出入りしていた。

風雲急を告げる徳川幕府の体制下、異国に窓を開けていた長崎の遊里は急に賑やかさを取り戻そうとしていた。

惣町乙名の椚田太郎次と藤之助が案内された座敷から湾内に停泊する唐人船も伝習所の訓練艦スンビン号の姿も見分けられた。

「今女郎衆をお連れ申します」

女衆が出ていこうとするのに太郎次が、

「まずは酒だ。それから紅梅楼の女将さんを呼んでくれ」

と念を押した。

「はっ、はい」

首を傾げた女衆が消えた。

「さて、座光寺様の知り合いかどうか」

と太郎次が興味津々に言った。

「太郎次どの、紅梅楼の女主の名を御承知ですか」

「長崎奉行所の届けを見ますと筑前博多城下住人おらんという名にございますよ」

「それがしと因縁の女の本名もおらんです」

「さて鬼が出るか蛇が出るか」

太郎次と藤之助は長いこと放っておかれた。それでも老婆と女衆の二人が膳と酒を運んできた。女衆は先ほどとは別人だった。

「座光寺様、夜は長うございますよ、ゆっくりと酒など酌み交わしましょうか」

燗《かん》のされた徳利《とっくり》を手にして自らの酒器に注いだ太郎次が、

「ちょいと毒見を」

と藤之助に言うと舌先で嘗《な》め、風味を確かめるようにしていたが、

「おめえさん方、長崎者は饐《す》えた酒には手を出さないと帳場にいいな。樽から直に注ぎ分けた酒に代えて女将に持ってこさせるんだ」

と江戸町の惣町乙名の貫禄を見せ、渋い声で命じると女二人が怯《おび》えた顔をした。

「はっ、はい。ただ今」

老婆が徳利を摑《つか》んで慌《あわ》てて帳場に下りていった。

「なんぞ入っておりましたかな」

「長崎には媚薬眠り薬阿片《アヘン》となんでも入って参ります。わっしら、長崎会所の者に南蛮渡りの薬を混ぜて飲ませようなんてふてえや」

太郎次が平然と笑った。

「やはり顔は出しませぬな」

再び半刻も待たされた藤之助が言った。

領いた太郎次が、

ぽーんぽーん

と手を叩いた。

禿《かむろ》が銚子を運んできた。

「忘れてはいなかったとみえる」

太郎次が苦笑いした。

無言の裡《うち》に禿が二人の酒器に酒を注ぎ分け、座敷から消えた。

金大襖《きんおおふすま》の向こうに人の気配がし、

すうっ

とそれが左右に開いた。

藤之助の視界にまず紅殻壁の朱色が広がり、その前に女が座しているのが認められた。明かりが当たっているのは紅殻の壁だけだ。そのせいで女は黒々とした影であった。

藤之助と影の女とは五、六間ほど離れていた。

「お待たせ申しましたな」

女の声がした。

「女将かえ」

太郎次が問うた。

「江戸町惣町乙名椚田太郎次様、いかにも当楼の主おらんにございます。ただ今顔に吹き出物が現れ、醜い顔にございますれば拝顔の上の接待、お許し下さい」

「長崎でそなたの顔を見る最初の当たり籤《くじ》を引き当てようかと思うたが残念至極だねえ」

おらんと呼ばれる女将の周りには命知らずどもが待機しているのが気配で分かった。太郎次はその殺気には一切気付かぬ顔をしていた。

「太郎次様、次なる機会にお目にかかります」

「おらんさん、おまえさんの知り合いをこうして伴ってきたが無駄だったかねえ」

「知り合いとは」

「交代寄合《こうたいよりあい》座光寺藤之助様だ」

「はて、私には覚えのないお名前にございます」

藤之助は影の女の声が吉原の稲木楼の抱えであった瀬紫ことおらんのそれかどうか、確信が持てないでいた。

その藤之助の表情を読んだように太郎次が、

「今宵は女将に会いたくて紅梅楼に上がったが致し方ないや、またの機会に改めようか」

「近いお越しをお待ちしております」

金大襖が左右から閉じられ、女の気配は消えた。

殺気も消えた。


丸山町から本石灰町へ抜けて小さな川端に来たとき、太郎次が、

「どうでした」

と訊いた。

「それがしが探し求めるおらんかどうか、今一つ判然とせぬ」

「もし江戸以来の馴染《なじ》みなれば必ず尻尾《しっぽ》は出しますって」

「いかにもさようかな」

「どこぞで験直《げんなお》しの酒を飲みましょうかな」

二人は紅梅楼に上がり、接待もされぬままに一刻以上も放っておかれたことになる。

川に沿って海岸へと下った。

二人が渡ろうとする石橋に二つの影が立っていた。

遠く常夜灯の明かりが薄く橋に零《こぼ》れていた。二人の顔は暗く見えなかった。だが、

藤之助には一つの影の判別がついた。

「利賀崎六三郎どの」

藤之助の言葉に太郎次も闇を透かしていたが、

「ほんに確かだ、千人番所の利賀崎様ではございませぬか」

と言葉をかけ、

「何用ですねえ」

と問いかけた。

「江戸町か、怪我をせぬうちに行け」

「利賀崎様、長崎の事情を未だ理解なされておられませぬな。この長崎は武家が支配するんじゃねえ、わっしら、長崎の古町町人が差配するんだ。わっしが客人として同道するお方に指一本触っちゃならねえ」

と啖呵《たんか》を切った。

「太郎次、そなたも一緒にあの世に行くことになる」

「おもしれえ」

と応じる太郎次に、

「太郎次どの、この場はそれがしにお任せあれ」

と藤之助が前に出た。

「座光寺、過日は不覚を取った。今宵《こよい》は許さぬ」

「同道のお方はどなたです」

「タイ捨流茂在宇介《しげありうすけ》様だ」

利賀崎の丁寧な呼び方からいって道場の先輩剣客か。長崎奉行所異人探索方の新内澄之助が言っていた佐賀からの助勢ではあるまいかと見当をつけた。

利賀崎が剣を抜いた。

「もはや肩に痛みはございませぬか」

「挑発には乗らぬ」

茂在は身丈五尺三寸余か、小太りの体付きで無言のままに剣を静かに鞘走《さやばし》らせると利賀崎の左手に離れて立った。存分に剣を振るう間を空けたのだ。

「佐賀の鍋島家には葉隠《はがくれ》なる武士道の心得が伝承されておるとか。かように待ち伏せするのも葉隠にございますか」

藤之助の言葉に利賀崎も茂在も応じようとはしなかった。

「致し方ございませぬ」

藤之助は藤源次助真二尺六寸五分を抜いた。石橋上を塞ぐ二人に対して、藤之助は河岸道にいた。

間合いは二間。

藤之助は二人を等分に見ながら、助真を頭上に立てた。

小太りながら矮軀《わいく》の茂在は地摺《じす》りに剣を流し、腰を沈めた。

利賀崎は正眼の構えで切っ先を藤之助の額辺りにつけた。

折から雲間を割って姿を見せた三日月を流れに映し、夜風が堀の水面を、映じた月を揺らした。

湾内に停泊するスンビン号か、消灯の鐘の音が町に伝わってきた。

茂在が地摺りに流した切っ先が円を描きつつ、せり上がってきた。

利賀崎六三郎は正眼の剣を引き付けた。

不意に間合いが切られた。

茂在と利賀崎が阿吽《あうん》の呼吸で踏み込んできた。

石橋の上に殺気が渦巻いた。

藤之助は二人の動きを見て、利賀崎へと飛んでいた。

利賀崎の引き付けられた剣が振り下ろされたが藤之助が踏み込んだせいで、右肩すれすれに流れ、反対に藤之助の頭上から振り下ろされた助真が、がつん！

と脳天に叩き付けられて斬り割った。藤之助は立ち竦《すく》む利賀崎と石橋の欄干《らんかん》の間を摺《す》り抜けて、石橋を渡り切り、反転していた。

どさり
と利賀崎の体が転がった。

その瞬間、見た。

茂在が低い姿勢から藤之助へと突進しながら脇に回していた剣を車輪に回したのを
……。

藤之助の助真も脇構えへと変えられていた。

両者は同時に踏み込んだ。

低い姿勢から引き回された車輪に藤之助はかろうじて助真を合わせた。

そのとき、藤之助は茂在の息遣いを聞いた。

刃を合わせた二人はじりじりと間を詰め、刃を立てていった。

鍔《つば》競《ぜ》り合いになった。

六尺を越えた藤之助と五尺三寸の茂在は互いに攻め込もうと力を入れた。だが、力では茂在が勝っていた。下方から押し上げるように攻め込んできた。

茂在の刃が藤之助の眼前にちらちらとした。
藤之助は一気に突き崩されることを必死で堪《こら》えていた。
犬の遠吠えが戦いの場に響いてきた。
「覚悟致せ！」
勝ちを信じた茂在が初めて言葉を発した。
その瞬間、押し込む力がわずかに緩んだ。
藤之助は相手の刃を押し戻すと同時に飛び下がった。
茂在は藤之助の動きに従い、前へと踏み込んだ。
それが狙いだった。
藤之助の助真が茂在の踏み込んでくる胴へと翻《ひるがえ》った。
鈍く重い手応えがあった。
うっ
と呻《うめ》いた茂在が立ち竦み、腰がよろよろとよろめくと、
ふわあっ
と全身から力が抜けたように横倒しに崩れ落ちた。
石橋に藤之助が立ち、血ぶりをする様を太郎次は放心の体《てい》で見ながら、

（なんともど偉い直参《じきさん》旗本がいたものよ）

と考えていた。

藤之助は今宵紅梅楼を訪ねたことと、利賀崎六三郎と茂在宇介の襲撃とが関わりがあるかどうか思い迷っていた。

川の流れを伝い、藤之介の鼻腔に潮の香りと一緒に香辛料にまぶされた長崎の匂いが漂ってきて、血と混じり合った。

解説

縄田一男（文芸評論家）

いやはや勢いが止まらない――佐伯泰英の新刊ラッシュのことである。文庫本の解説を書く際に、その作家の近作に触れるというのは一つの手ではあるのだが、佐伯泰英の場合、近作そのものが常に五、六冊あるために、たちどころに解説の紙数が尽きかねない。そこで、〈交代寄合伊那衆異聞〉だけに限るのだが、第一作『変化《へんげ》』が講談社文庫から書下し刊行されたのが昨平成十七年の七月、第二作『雷鳴』が十二月、そして、丸一年経《た》たぬうちに第三弾である本書『風雲』の刊行である。

主人公・本宮藤之助《ほんぐうとうのすけ》の運命の急変といい、一作一作が独立していながら、もはや総体として幕末前夜を舞台とした壮大な大河小説の体裁を成している点等、〈交代寄合伊那衆異聞〉は、佐伯泰英作品の中でいちばん遅くスタートしたシリーズながら、まるで作者の他のシリーズに追いつき、追い越せといった勢いで急成長し続けている。何と楽しみなことであろうか。

ここではじめて本シリーズを手に取る読者のためにこれまでの経緯をふり返ってみると、第一巻『変化』は、史上名高い安政《あんせい》の大地震からスタート。交代寄合とは大名同様に参勤交代を義務づけられた家のことで、信州伊那谷にある座光寺家もその一つ。江戸表の安否を確認すべく、主人公・本宮藤之助が伊那から駆けつけるが、養子で放蕩《ほうとう》者の当主・左京為清《ためすが》は、焼失した吉原の妓楼《ぎろう》から女郎・瀬紫《せむらさき》とともに八百両の金をくすねて失踪、おまけに、家宝の包丁正宗《ほうちょうまさむね》まで持ち出してしまっている。このままでは、お家取り潰しは必定《ひつじょう》。為清と瓜二《うりふた》つの藤之助は、座光寺家存続のため遂に主《しゅ》殺《ごろ》しを決意、三十三間堂で為清を倒し、座光寺家の当主として第二の人生を歩みはじめることになる。

作品の読みどころは、何といっても、藤之助の秘剣「天竜暴れ水」がいつ炸裂するか、加えてラストで読者もビックリの座光寺家の秘事「首斬安堵《くびきりあんど》」と、そして前述の主人公をめぐる運命の急変であろう。

そして第二巻『雷鳴』で、藤之助は将軍家定《いえさだ》との謁見《えっけん》をすませ、これで名実共に座光寺為清に成り代わったことになる。しかしながら、放蕩の果てとはいいながら、息子為清を殺された高家《こうけ》肝煎《きもいり》品川《しながわ》式部《しきぶ》大夫《たいふ》は次々と刺客を送り込んで来る。この刺客たちとの対決がまず第一の見せ場。そして更に藤之助には、座光寺家の命運を握る一人の女——行方《ゆくえ》の分からぬ瀬紫ことおらんの行方を追って、無法街と化した横浜村洲干《しゅうかん》島《じま》の新開地から、豆州《ずしゅう》戸田《へだ》へと向う。新開地では青龍刀の達人、抜け荷の頭目・老陳《ろうちん》率いる黒蛇頭《くろじゃとう》の傭兵・張史権《ちょうしけん》を倒し、戸田湊《みなと》では、その老陳の博奕《ばくち》船に単身乗り込み、副頭目・廷一渕《ていいちえん》もろともこれを爆破沈没させるというように正に見せ場の連続。

しかし作者はその一方で、作中に江川《えがわ》太郎左《たろうざ》衛門《えもん》らを登場させ、これから藤之助を巻き込んでいくであろう幕末前夜の状況を活写、江戸に帰った藤之助に「左京には大いなる見聞の旅となった。異郷の船がいかに大きなものか、鉄砲の威力がいかなるものか、少しばかりだが垣間見た。幕府は黒船の来航に右往左往して醜態を見せられた。この次そのような事態が起こったとき、われら直参《じきさん》旗本がしっかり致さねば幕府は滅びる。国もまた衰亡致す」という台詞《せりふ》を吐かせているのである。

そして『雷鳴』は、藤之助が老中首座・堀田正睦《ほったまさよし》の懐刀・陣内嘉《じんないか》右《え》衛門《もん》にその器量を認められ、品川式部大夫との抗争に一応の終止符が打たれ、江戸における藤之助の剣の師・千葉周作《ちばしゅうさく》が逝《ゆ》くところで幕となる。

さて、ここでいよいよ、第三巻の本書『風雲』の内容に入ることになるのだが、是非《ぜひ》ともどうかここからは本文の方を先にお読みいただきたい。物語は安政二年の暮れ、江戸の剣術界を震撼《しんかん》させる悪鬼の如《ごと》き、左片手突きの剣客・熊谷十太夫《くまがいじゅうたゆう》の跳梁ではじまる。その十太夫に喉を破られ死んだ千葉門下、佐和潟《さわがた》の屍体が、霏霏《ひひ》として降りしきる雪の中、戸板に乗せられ、幼い息子・新太郎《しんたろう》とともに屋敷へ戻る場面の哀感を湛《たた》えた静けさはどうであろうか――。用人の「新太郎様、お駕籠《かご》にお乗り下されという言葉に「よい、新太郎は父上とともに歩む」といい、「父上は武家として恥ずかしくない戦いをなされたか」と問う少年の健気《けなげ》さよ。この後、十太夫は、さいかち坂の決闘において藤之助と雌雄を決することになる。しかしながら、時代は、そうした少年の感傷など吹き飛ばしてしまうほどの大きなうねりを見せて藤之助とその仲間たちを巻き込んでいくのである。

幕末が、もうそこまで来ているのだ。本書は、安政二年の暮れから三年にかけて物語が展開しているが、藤之助はしばしば、伊那の山奥から出て来て四ヵ月ですっかり周囲は変わってしまったという。しかしながら、その十数年後、時代は既に明治となっているのである。この限られた時間軸の中で藤之助にどのような運命が待ち受けているのであろうか。越中島《えっちゅうじま》には砲術の調練場が、築地には男谷精一郎《おだにせいいちろう》を頭取とする講武場が設けられ、そして物語の舞台は、長崎の海軍伝習所へと移って行く。その中で、藤之助は、さまざまな紆余曲折《うよきょくせつ》を経て結ばれた若き同志たちと「激動の時代の荒波」に対峙《たいじ》していくことになる。

その藤之助が見せる男の肚《はら》は——。

いわく、「外国列強と対等に付き合うには風に頼らず進む大船の造船技術、武器火薬など諸々を学ばねばならぬ。だが、それがしは科学力軍事力を高めただけでわが国を防衛できるかどうか疑問に思うておる。これらの技術を使いこなすのは畢竟《ひっきょう》人間じゃぞ、栄五郎《えいごろう》。危難に際して冷静な判断を下す人こそ最後の砦《とりで》じゃあ、そのために剣を学び、胆力を練るのだ」。

いわく、「戦国時代の大筒と異国の最新の大砲を比べれば、彼我《ひが》の差は明らかにございます。われらが生き残るために異国の軍事力、科学力を学ぶは当然のことにございましょう。だが、彼我の差は一朝一夕では埋まりませぬ。われら、臥薪嘗胆《がしんしょうたん》の季節を耐えねばなりませぬ。その折、古来の武術で肚を練り、肝を鍛えることが役に立とうかと思います。座光寺藤之助が剣を学んできたのはそのためにございます」。

正に一剣よく男子の志を語らん！

剣豪小説と幕末歴史小説の見事な融合がここにある。榊原鍵吉《さかきばらけんきち》、桃井春蔵《もものいしゅんぞう》、伊庭軍《いばぐん》兵衛《べえ》、高橋泥舟《たかはしでいしゅう》、勝海舟《かつかいしゅう》、榎本武揚《えのもとたけあき》ら、歴史上の人物も続々登場。作者は昨年、あるインタビューで、このシリーズを書くきっかけについて触れ、「交代寄合衆というのは、徳川家の旗本なんですけど、大名のように参勤交代をしいられた家のことなんですよね。資料をめくっていたら、そういう人もいたんだなあと（笑）。一万石以上を大名といいますが、一万石だったら、いまで言うと年収いくらぐらいだろうと考えていて、そしたら、千何百石ぐらいで江戸に屋敷をもって、国表《くにおもて》に家臣抱えていたら、これは絶対苦しいぞと思ったときに、うん、じゃあここに物語の舞台を設定しようと」と語っているが、その時はまさかこのシリーズが、これほどのスケールを持つ作品になろうとは予測し得た人はいなかったのではあるまいか。

　物語の舞台も江戸から長崎へ、そして魅力的な新ヒロイン高島玲奈《たかしまれいな》の登場、更には、この地でも、英吉利《イギリス》、亜米利加《アメリカ》の利権の背後に見え隠れする、老陳やおらんの影、また、（いつの日か異郷の地を踏みたいものだ）という藤之助の思いは、今後、叶《かな》えられるのか否《いな》か等々――。本書は、このシリーズの最初の大きな転機となる巻ではないだろうか。そして、今、つくづく思う、〈交代寄合伊那衆異聞〉のライバルともいうべきシリーズは、佐伯泰英の他のシリーズしかない、と。

　はやく続きが読みたいものだ。

本書は文庫書下ろし作品です。

|著者|佐伯泰英　1942年福岡県生まれ。闘牛カメラマンとして海外で活躍後、国際冒険小説執筆を経て、'99年から時代小説に転向。迫力ある剣戟シーンや人情味ゆたかな庶民性を生かした作品を次々に発表し、平成の時代小説人気を牽引する作家に。「密命」「居眠り磐音江戸双紙」「吉原裏同心」「夏目影二郎始末旅」「古着屋総兵衛影始末」「鎌倉河岸捕物控」「酔いどれ小籐次留書」など各シリーズがある。講談社文庫では、『変化』『雷鳴』に続き、本書が「交代寄合伊那衆異聞」シリーズ第3弾。

風雲《ふううん》 交代寄合伊那衆異聞《こうたいよりあいいなしゅういぶん》

佐伯泰英《さえきやすひで》

2006年5月15日第1刷発行

講談社文庫
定価はカバーに
表示してあります

発行者——野間佐和子
発行所——株式会社　講談社

東京都文京区音羽2-12-21　〒112-8001

電話　出版部（03）5395-3510
販売部（03）5395-5817
業務部（03）5395-3615

Printed in Japan

デザイン—菊地信義
本文データ制作—講談社プリプレス制作部
印刷———大日本印刷株式会社
製本———大日本印刷株式会社

落丁本・乱丁本は購入書店名を明記のうえ、小社業務部あてにお送りください。送料は小社負担にてお取替えします。なお、この本の内容についてのお問い合わせは文庫出版部あてにお願いいたします。

ISBN4-06-275400-2

講談社文庫刊行の辞

二十一世紀の到来を目睫に望みながら、われわれはいま、人類史上かつて例を見ない巨大な転換期をむかえようとしている。

世界も、日本も、激動の予兆に対する期待とおののきを内に蔵して、未知の時代に歩み入ろうとしている。このときにあたり、創業の人野間清治の「ナショナル・エデュケイター」への志を現代に甦らせようと意図して、われわれはここに古今の文芸作品はいうまでもなく、ひろく人文・社会・自然の諸科学から東西の名著を網羅する、新しい綜合文庫の発刊を決意した。

激動の転換期はまた断絶の時代である。われわれは戦後二十五年間の出版文化のありかたへの深い反省をこめて、この断絶の時代にあえて人間的な持続を求めようとする。いたずらに浮薄な商業主義のあだ花を追い求めることなく、長期にわたって良書に生命をあたえようとつとめるところにしか、今後の出版文化の真の繁栄はあり得ないと信じるからである。

同時にわれわれはこの綜合文庫の刊行を通じて、人文・社会・自然の諸科学が、結局人間の学にほかならないことを立証しようと願っている。かつて知識とは、「汝自身を知る」ことにつきていた。現代社会の瑣末な情報の氾濫のなかから、力強い知識の源泉を掘り起し、技術文明のただなかに、生きた人間の姿を復活させること。それこそわれわれの切なる希求である。

われわれは権威に盲従せず、俗流に媚びることなく、渾然一体となって日本の「草の根」をかたちづくる若く新しい世代の人々に、心をこめてこの新しい綜合文庫をおくり届けたい。それは知識の泉であるとともに感受性のふるさとであり、もっとも有機的に組織され、社会に開かれた万人のための大学をめざしている。大方の支援と協力を衷心より切望してやまない。

一九七一年七月

野間省一

講談社文芸文庫

大岡昇平
花影
愛人と別れ、古巣の銀座のバーで働く葉子は、無垢ゆえに空しい恋愛の果てに睡眠薬自殺を遂げる。実在の人物をモデルとした鎮魂歌。現代文学屈指のロマネスク小説。
解説＝小谷野敦　年譜＝吉田凞生
おC10　198440-3

庄野潤三
自分の羽根
庄野潤三随筆集
丘の家に住む一家に起こる小事件、愛する本の話、懐しき師や友の事など、深い洞察と温雅なユーモアを以て描く九十篇。名作『夕べの雲』と対をなす第一随筆集。
解説＝高橋英夫　年譜＝助川徳是
しA6　198441-1

三島由紀夫
三島由紀夫文学論集Ⅱ
虫明亜呂無編
文壇の寵児としての多忙な日常の中から生み出される思索の記録「裸体と衣裳」、自らの文学の出発と修業の日々を語る「私の遍歴時代」を中心に、九篇を収録。
解説＝橋本治
みF3　198442-X

講談社文庫　目録

講談社文庫　目録

白石一郎　東海道をゆく〈十時半睡事件帖〉
白石一郎　海よ島よ〈歴史紀行〉
白石一郎　乱世を斬る〈歴史エッセイ〉
白石一郎　海将(上)(下)
白石一郎　蒙古襲来〈海から見た歴史〉
志水辰夫　帰りなん、いざ
志水辰夫　花ならアザミ
志水辰夫　負け犬
新宮正春　抜打ち庄五郎
島田荘司　占星術殺人事件
島田荘司　殺人ダイヤルを捜せ
島田荘司　火刑都市
島田荘司　網走発遙かなり
島田荘司　御手洗潔の挨拶
島田荘司　死者が飲む水
島田荘司　斜め屋敷の犯罪
島田荘司　ポルシェ911《ナインイレブン》の誘惑
島田荘司　御手洗潔のダンス
島田荘司　本格ミステリー宣言

島田荘司　本格ミステリー宣言II〈ハイブリッド・ヴィーナス論〉
島田荘司　暗闇坂の人喰いの木
島田荘司　水晶のピラミッド
島田荘司　自動車社会学のすすめ
島田荘司　眩（めまい）暈
島田荘司　アトポス
島田荘司　異邦の騎士
島田荘司　改訂完全版 異邦の騎士
島田荘司　島田荘司読本
島田荘司　御手洗潔のメロディ
島田荘司　Pの密室
塩田潮　郵政最終戦争
清水義範　蕎麦《そば》ときしめん
清水義範　国語入試問題必勝法
清水義範　永遠のジャック&ベティ
清水義範　深夜の弁明
清水義範　ビビンパ
清水義範　お金物語
清水義範　単位物語

清水義範　神々の午睡(上)(下)
清水義範　私は作中の人物である
清水義範　春高楼の
清水義範　イエスタデイ
清水義範　今どきの教育を考えるヒント
清水義範　人生うろうろ
清水義範　青二才の頃〈回想の'70年代〉
清水義範　日本ジジババ列伝
清水義範　日本語必笑講座
清水義範　ゴミの定理
清水義範　目からウロコの教育を考えるヒント
清水義範　世にも珍妙な物語集
清水義範　ザ・勝負
清水義範 西原理恵子・え　おもしろくても理科
清水義範 西原理恵子・え　もっとおもしろくても理科
清水義範 西原理恵子・え　どうころんでも社会科
清水義範 西原理恵子・え　もっとどうころんでも社会科
清水義範 西原理恵子・え　いやでも楽しめる算数
清水義範 西原理恵子・え　はじめてわかる国語

講談社文庫　目録

- 椎名　誠　フグと低気圧
- 椎名　誠　犬の系譜
- 椎名　誠　水域
- 椎名　誠　にっぽん・海風魚旅〈怪し火さすらい編〉
- 椎名　誠　もう少しむこうの空の下へ
- 東海林さだお／椎名誠　やぶさか対談
- 真保裕一　連鎖
- 真保裕一　取引
- 真保裕一　震源
- 真保裕一　盗聴
- 真保裕一　朽ちた樹々の枝の下で
- 真保裕一　奪取(上)(下)
- 真保裕一　防壁
- 真保裕一　密告
- 真保裕一　黄金の島(上)(下)
- 真保裕一　発火点
- 真保裕一　夢の工房
- 周大荒／渡辺精一訳　反三国志(上)(下)
- 篠田節子　贋《がん》作《さく》師《し》
- 篠田節子　聖域
- 篠田節子　弥勒
- 笙野頼子　居場所もなかった
- 下川裕治／桃井和馬　世界一周ビンボー大旅行
- 下川裕治／篠原　章　沖縄ナンクル読本
- 篠田真由美　未明の家〈建築探偵桜井京介の事件簿〉
- 篠田真由美　玄《くろ》い女神〈建築探偵桜井京介の事件簿〉
- 篠田真由美　翡《ひ》翠《すい》の城〈建築探偵桜井京介の事件簿〉
- 篠田真由美　灰色の砦〈建築探偵桜井京介の事件簿〉
- 篠田真由美　原罪の庭〈建築探偵桜井京介の事件簿〉
- 篠田真由美　美貌の帳《とばり》〈建築探偵桜井京介の事件簿〉
- 篠田真由美　桜闇〈建築探偵桜井京介の事件簿〉
- 篠田真由美／加藤俊章絵　レディMの物語
- 重松　清　定年ゴジラ
- 重松　清　半パン・デイズ
- 重松　清　世紀末の隣人
- 重松　清　流星ワゴン
- 重松　清　ニッポンの単身赴任
- 重松　清　ニッポンの課長
- 新堂冬樹　血塗られた神話
- 新堂冬樹　闇の貴族
- 島村麻里　地球の笑い方
- 島村麻里　地球の笑い方　ふたたび
- 柴田よしき　フォー・ディア・ライフ
- 柴田よしき　フォー・ユア・プレジャー
- 新野剛志　八月のマルクス
- 新野剛志　もう君を探さない
- 新野剛志　どしゃ降りでダンス
- 殊能将之　ハサミ男
- 殊能将之　美《み》濃《の》牛《ぎゅう》
- 殊能将之　黒い仏
- 殊能将之　鏡の中は日曜日
- 嶋田昭浩　解剖・石原慎太郎
- 新多昭二　秘話　陸軍登戸研究所の青春
- 首藤瓜於　脳男
- 首藤瓜於　事故係生稲昇太の多感
- 島村洋子　家族善哉
- 仁賀克雄　切り裂きジャック〈闇に消えた殺人鬼の新事実〉

島本理生　シルエット
島本理生　リトル・バイ・リトル
白川　道　十二月のひまわり
杉本苑子　孤愁の岸(上)(下)
杉本苑子　引越し大名の笑い
杉本苑子　汚名
杉本苑子　女人古寺巡礼
杉本苑子　利休破調の悲劇
杉本苑子　江戸を生きる
杉田　望　金融夜光虫
鈴木輝一郎　美男忠臣蔵
瀬戸内晴美　かの子撩乱
瀬戸内晴美　京まんだら(上)(下)
瀬戸内晴美　彼女の夫たち(上)(下)
瀬戸内晴美　蜜と毒
瀬戸内寂聴　寂庵説法
瀬戸内寂聴　新寂庵説法 愛なくば
瀬戸内晴美　家族物語(上)(下)
瀬戸内寂聴　生きるよろこび〈寂聴随想〉
瀬戸内寂聴　寂聴天台寺好日
瀬戸内寂聴　人が好き［私の履歴書］
瀬戸内寂聴　渇く
瀬戸内寂聴　白道
瀬戸内寂聴　いのち発見
瀬戸内寂聴　無常を生きる〈寂聴随想〉
瀬戸内寂聴　わかれば『源氏』はおもしろい〈寂聴対談集〉
瀬戸内寂聴　寂聴相談室 人生道しるべ
瀬戸内寂聴　花芯
瀬戸内寂聴　瀬戸内寂聴の源氏物語
瀬戸内晴美編　人類愛に捧げた生涯〈人物近代女性史〉
梅原猛 瀬戸内寂聴　寂聴・猛の強く生きる心
関川夏央　よい病院とはなにか〈病むことと老いること〉
関川夏央　水の中の八月
関川夏央　やむにやまれず
先崎　学　フフフの歩
妹尾河童　少年H(上)(下)
妹尾河童　河童が覗いたインド
妹尾河童　河童が覗いたヨーロッパ
妹尾河童　河童が覗いたニッポン
妹尾河童　河童の手のうち幕の内
妹尾河童 野坂昭如　少年Hと少年A
清涼院流水　コズミック流
清涼院流水　ジョーカー清
清涼院流水　ジョーカー涼
清涼院流水　コズミック水
清涼院流水　カーニバル一輪の花
清涼院流水　カーニバル二輪の草
清涼院流水　カーニバル三輪の層
清涼院流水　カーニバル四輪の牛
清涼院流水　カーニバル五輪の書
清涼院流水　秘密屋文庫 知ってる怪
曽野綾子　幸福という名の不幸(上)(下)
曽野綾子　私を変えた聖書の言葉
曽野綾子　自分の顔、相手の顔〈自分流を貫く生き方のすすめ〉
曽野綾子　それぞれの山頂物語 今こそ主体性のある生き方をしたい
曽野綾子　安逸と危険の魅力
蘇部健一　六枚のとんかつ

講談社文庫　目録

講談社文庫 目録

中山康樹 ディランを聴け!!
永井するみ 防風林
永井 隆 ドキュメント 敗れざるサラリーマンたち
中島誠之助 ニセモノ師たち
西村京太郎 天使の傷痕
西村京太郎 名探偵なんか怖くない
西村京太郎 D機関情報
西村京太郎 殺しの双曲線
西村京太郎 名探偵が多すぎる
西村京太郎 ある朝 海に
西村京太郎 脱出
西村京太郎 四つの終止符
西村京太郎 おれたちはブルースしか歌わない
西村京太郎 名探偵も楽じゃない
西村京太郎 悪への招待
西村京太郎 名探偵に乾杯
西村京太郎 七人の証人
西村京太郎 ハイビスカス殺人事件
西村京太郎 炎の墓標

西村京太郎 特急さくら殺人事件
西村京太郎 変身願望
西村京太郎 四国連絡特急殺人事件
西村京太郎 午後の脅迫者
西村京太郎 太陽と砂
西村京太郎 寝台特急あかつき殺人事件
西村京太郎 日本シリーズ殺人事件
西村京太郎 L特急踊り子号殺人事件
西村京太郎 寝台特急「北陸」殺人事件
西村京太郎 オホーツク殺人ルート
西村京太郎 行楽《ロマンスカー》特急殺人事件
西村京太郎 南紀殺人ルート
西村京太郎 特急「おき3号」殺人事件
西村京太郎 阿蘇殺人ルート
西村京太郎 日本海殺人ルート
西村京太郎 寝台特急六分間の殺意
西村京太郎 釧路・網走殺人ルート
西村京太郎 アルプス誘拐ルート
西村京太郎 特急「にちりん」の殺意

西村京太郎 青函特急殺人ルート
西村京太郎 山陽・東海道殺人ルート
西村京太郎 十津川警部の対決
西村京太郎 南神威島
西村京太郎 最終ひかり号の女
西村京太郎 富士・箱根殺人ルート
西村京太郎 十津川警部の困惑
西村京太郎 津軽・陸中殺人ルート
西村京太郎 十津川警部C11を追う
西村京太郎 越後・会津殺人ルート〈追いつめられた十津川警部〉
西村京太郎 華麗なる誘拐
西村京太郎 五能線誘拐ルート
西村京太郎 シベリア鉄道殺人事件
西村京太郎 恨みの陸中リアス線
西村京太郎 鳥取・出雲殺人ルート
西村京太郎 尾道・倉敷殺人ルート
西村京太郎 諏訪《すわ》・安曇野《あずみの》殺人ルート
西村京太郎 哀しみの北廃止線
西村京太郎 伊豆海岸殺人ルート

講談社文庫　目録

講談社文庫　目録

西村　健　脱出 GETAWAY
西村　健　突破 BREAK
楡　周平　外資な人たち〈ある日外国人上司がやってくる〉
楡　周平　青狼記(上)(下)
西村　滋　お菓子放浪記
貫井徳郎　修羅の終わり
貫井徳郎　鬼流殺生祭
貫井徳郎　妖奇切断譜
法月綸太郎　密閉教室
法月綸太郎　雪密室
法月綸太郎　誰《たそ》彼《がれ》
法月綸太郎　頼子のために
法月綸太郎　法月綸太郎の冒険
法月綸太郎　法月綸太郎の新冒険
法月綸太郎　法月綸太郎の功績
乃南アサ　鍵
乃南アサ　ライン
乃南アサ　窓
乃南アサ　不発弾
野口悠紀雄　「超」勉強法
野口悠紀雄　「超」勉強法・実践編
野沢　尚　破線のマリス
野沢　尚　リミット
野沢　尚　呼《よ》人《ひと》
野沢　尚　深紅
野沢　尚　砦なき者
野沢　尚　魔笛
野口武彦　幕末気分
半村　良　飛雲城伝説
原田泰治　わたしの信州
原田泰治　原田武雄　泰治が歩く〈原田泰治の物語〉
原田康子　海霧(上)(中)(下)
林　真理子　星に願いを
林　真理子　テネシーワルツ
林　真理子　幕はおりたのだろうか
林　真理子　女のことわざ辞典
林　真理子　さくら、さくら〈おとなが恋して〉
林　真理子　みんなの秘密
林　真理子　ミスキャスト
林　真理子　山藤章二　チャンネルの5番
原田宗典　スメル男
原田宗典　東京見聞録
原田宗典　何者でもない
原田宗典　見学ノススメ
原田宗典・文　かとうゆめこ・絵　考えない世界
馬場啓一　白洲次郎の生き方
馬場啓一　白洲正子の生き方
林　望　帰らぬ日遠い昔
林　望　リンボウ先生の書物探偵帖
帚木蓬生　アフリカの蹄《ひづめ》
帚木蓬生　空夜
帚木蓬生　空山
坂東眞砂子　道祖《さい》土《ど》家の猿嫁
花村萬月　皆月
浜なつ子　死んでもいい〈マニラ行きの男たち〉
畠山健二　下町のオキテ
林　丈二　犬はどこ？

2006年3月15日現在